夏祭りの夜に

神香うらら

幻冬舎ルチル文庫

C O N T E N T S ✦目次✦

夏祭りの夜に

✦カバーデザイン＝久保宏夏（omochi design）
✦ブックデザイン＝まるか工房

イラスト・駒城ミチヲ✦

夏祭りの夜に

――序章　十四歳――

岡山駅のホームに降り立つと、足元からむっとするような熱気が押し寄せてきた。

湿気がべったりと重く肌《はだ》にまとわりつく。

一瞬息が止まるようなその熱に、日下部恭《くさかべきょう》は軽く目眩《めまい》を覚えた。

「いやあ、やっぱり蒸し暑いな。東京と違って、瀬戸内《せとうち》は夕方になると風がぴたっとやむからね」

恭のあとから新幹線を降りた日下部一敬《かずたか》が、言葉とは裏腹に涼しげな表情で笑う。

言われてみると確かに、まったくの無風状態だ。熱を孕《はら》んだ空気に包まれて、水底に沈んでいくような感覚に襲われる。

岡山で生まれ育った人間は、この蒸し暑さに慣れているのだろう。ホームを歩く帰省客らしき人々も、額に汗を浮かべながらも快活な笑い声を上げている。

慣れない長旅の疲れもあって目の焦点が合わなくなり、恭はホームの真ん中で立ち竦《すく》んだ。

「大丈夫？　少し休んでいく？」

一敬が、心配そうに顔を覗《のぞ》き込む。

「いえ……」

慌てて首を振り、恭はしゃんと背筋を伸ばした。

「じゃあ行こうか。北郷《ほくごう》はここほどは暑くないよ」

励ますようにそう言って、一敬はにっこりと微笑《ほほえ》んだ。

帰省客でごった返すホームを、一敬と並んで歩く。冷房の効いた構内に入り、少し呼吸が楽になる。

初めて歩く岡山駅の構内は、人の流れが東京に比べて幾分のんびりしているように感じられた。在来線乗り換え用の改札を出て、再び熱気のこもった伯備《はくび》線のホームへ降りる。

十七時五分発、出雲《いずも》市行きの特急やくも二十一号は既にホームに入っていた。

見慣れない車体や行き先の文字を見つめていると、遠くへ来てしまったのだと、そして更に遠くへ行くのだと実感する。

(帰りたくても帰れない。僕にはもう、北郷しか行く場所はないんだ……)

突然恭は、言いようのない不安に襲われた。

蒸し暑さのせいばかりでない、胸が締めつけられるような息苦しさを覚え、口を開いて浅い呼吸を繰り返す。

岡山県の山間の城下町、北郷市。初めて訪れる、そしてつい最近までその地名すら知らなかった、母の生まれ故郷。

――一ヶ月前の深夜の交通事故で、何もかもが変わってしまった。

母は帰らぬ人となり、十四歳の恭はひとり残された。

通夜に母の兄、つまり自分の伯父《おじ》と名乗る人物が現れた。親戚《しんせき》に会うのは初めてだった。

母はあまり自分のことを語らなかった。岡山で生まれ育ったとは聞いていたが、伯父に会って初めて母が北郷市の出身だと知ったほどだ。

母、日下部玲子《れいこ》は、実家から勘当された身だった。東京の名門女子大学に通っているときに知り合った男と大恋愛の末、両親に猛反対され駆け落ちしたそうだ。しかしその男も恭が生まれて間もなく他に女を作って逃げ、恭は父親の顔を知らない。

物心ついたときには、母とふたりきりだった。美貌《びぼう》としたたかさを備えた母は銀座《ぎんざ》のクラブで人気ホステスとなり、女手ひとつで恭を育て上げた。

実家のことは何も聞かされていなかった恭は、立ち会った弁護士に日下部家が北郷市の旧家で、伯父は県議会議員だと聞いて心底驚いた。日下部家の分家筋だというその弁護士によれば、祖父はかつて北郷市長を務めた地元の名士らしい。

恭が日下部家に引き取られることが決まったとき、母が世話になっていたクラブのママがそっと忠告してくれた。

『なんでも代々続いた由緒あるお家なんでしょう？　あなたもいきなりそんなところへ行く

のは戸惑うだろうけど、とにかくいじめられないように、周りの言うことを素直に聞いておくのよ』

いったいどんな冷たい仕打ちを受けるのだろうと、恭はおののいた。

どこの馬の骨とも知れない男の子供など、名家にとっては厄介者でしかない。

しかし自分には他に行くあてもない。どんな仕打ちを受けても、ひとり立ちするまで耐えなくては——。

「兄貴！」

ふいに背後で誰かが叫んだ声に、恭ははっとした。

——重たい空気をさっと切り開くような、鋭く力強い声。

「ああ、秀敬《ひでたか》」

一敬が振り向いて笑う。

ゆっくりと振り返ると、白い開襟《かいきん》シャツに黒いズボンの制服姿の、よく日に焼けた少年が立っていた。

いや、少年ではなく青年と言ったほうがふさわしい。

身長は百七十五センチくらいだろうか。取り立てて長身というわけではないが、それでも百六十センチそこそこの恭から見ると充分大きい。大人の男への成長過程を見せつけるような体つきは、瑞々《みずみず》しいというよりもやけに生々しかった。

額から噴き出す汗を拭おうともせず、彼は切れ長の目で射《い》るように恭を見据《みす》えた。

（この人が秀敬さん……）

恭と同じ中学三年生だと聞いていたので意外な気持ちだった。目の前の彼は、とても同い年とは思えない。

東京の同級生に、こんな野性的な男はいなかった。

彼の発する熱気に当てられたように、恭は無意識に半歩あとずさった。

兄弟なのに、優しげな風貌の一敬とは全然違う……。

「ちょうどよかった。母さんから秀敬も今日岡山に出てきてるって聞いてたけど、ここで会うとはね」

一敬の言葉に、秀敬が硬い表情のまま頷《うなず》く。

検分するようにじろりと睨《ね》めつけられ、恭はおどおどと視線を泳がせた。

「恭くん、これが僕の弟の秀敬。秀敬、こちらが従弟《いとこ》の日下部恭くん」

「……よろしく……」

ぺこりと頭を下げ、恭は小さな声で挨拶《あいさつ》をした。

人見知りする質《たち》の上、予期せぬ場所で会って、ひどく動揺していた。

秀敬は「ああ」と言ったようだが、ちょうど流れてきた駅のアナウンスにかき消されてよく聞こえなかった。

「こんなところで立ち話も何だし、さっさと乗ろう」

一敬に促され、恭はぎくしゃくと列車に乗り込んだ。そのあとに秀敬が続く。

自由席はふたりがけの席が並んでおり、一敬が座席をまわしてボックス席を作る。

「うわ……っ」

網棚に荷物を上げようと背伸びした途端、手が滑って荷物がずり落ちそうになった。

とっさに伸びてきた手が、恭のボストンバッグを受け止めてくれる。

「ありがとうございます……」

振り向くと、真後ろに秀敬が立っていてぎくりとする。

ちらりと恭を見やり、秀敬は片手で軽々とボストンバッグを網棚に押し上げた。

その拍子に白い開襟シャツの胸が間近に迫り……近すぎる距離に狼狽《うろた》えて、慌てて恭は一敬が作ってくれた席にちょこんと腰かけた。

「そっちに座れ」

「……え？」

秀敬に反対側の窓際の席を指《さ》され、戸惑って腰を浮かせる。

「ああ、そっちのほうがいいね。進行方向と逆向きだと酔《よ》いやすいから。伯備線は結構揺れるけど大丈夫？」

一敬に言われて、恭はこくこくと頷いた。乗り物酔いはしないほうだが、結構揺れると聞いて念のために席を移る。

目の前の席に秀敬がどさりと座り、恭は体を硬くした。

素っ気ない言い方だったが、秀敬なりに気を遣ってくれたのだろう。それについて礼を言うべきかどうか悩んでいるうちに、発車のベルが鳴った。

「あ、恭くん、お茶とか買わなくてよかった？」

「はい、まだあります」

東京駅で一敬が買ってくれたペットボトルの水が、半分ほど残っている。思い出すと急に喉《のど》の渇きを覚え、恭はボトルのキャップを開けた。

列車が動き始め、ゆっくりとホームが遠ざかり、やがて眼下に岡山の街並みが広がった。

（空がたくさん見える……）

高層ビルが林立する東京と比べ、駅前の繁華街も建物が全体に低くてこぢんまりとしていた。街の向こうにはなだらかな山が見えるが、それも空を圧迫するほどではない。

広々とした空が、ほんのりと夕陽に染まっている。熱気には閉口したが、どこかのんびりとしたような風景は恭の不安な気持ちを和らげてくれた。

しばらくそうやって窓の外の景色に見とれていると、ふと視線を感じた。

振り返ると、秀敬の切れ長の目がすっとそらされる。

「…………」

見られていたのだろうか。気恥ずかしさが込み上げてきて、恭は俯《うつむ》いた。

手にしたペットボトルを所在なく弄《もてあそ》んでいると、今度は秀敬が窓枠に肘《ひじ》をついて窓の外に視線を向ける。

その横顔を、恭は上目遣いにそっと盗み見た。

意思の強そうな太い眉《まゆ》、少し三白眼気味の目、筋の通った高い鼻梁《びりょう》……体つきだけでなく顔立ちも男っぽくて、中学生とは思えないくらい大人びている。

自分とは似ても似つかない。この男と血が繫《つな》がっているなんて、ひどく不思議な気分だった。

一敬と初めて会ったときは、自分と似ているとか似ていないとか、そんなことは考えもしなかった。

秀敬は同い年だから、従兄弟《いとこ》だということを殊更意識してしまうのだろうか……。

「秀敬、今日は剣道の試合だったん？」

一敬の声に、恭ははっと我に返った。

秀敬が「ああ」と短く答える。

そういえば、竹刀《しない》が入っているらしい紺色の袋と大きな巾着型の道具袋を持っている。秀敬本人の印象が強烈で、持ち物まで見ていなかった。

「秀敬は結構強いんよ。僕は今ひとつだったんだけど、こいつは剣道部の主将だから」

久々に弟と顔を合わせてリラックスしたのか、一敬の言葉に岡山弁が混じり始める。そうやっておっとりと話すところは伯母《おば》――つまり一敬と秀敬の母親にそっくりだ。

（そういえば一敬さんは伯母さん似だけど、秀敬さんは伯父さんに似てるかも）

母の葬儀に来てくれた伯母は、物腰の柔らかな、優しい顔立ちの女性だった。初めて会う恭にも何かと気を配ってくれて、伯母と一敬がいてくれたおかげで、どれだけ救われたかわからない。

伯父は冷たいというわけではないが、立派すぎて少し近寄り難《がた》かった。口数が少ないので余計に取っつきにくい印象なのかもしれない。

伯母と一敬が来てくれたとき、クラブのママはあんなことを言っていたけれど優しい人もいるのだとほっとしたものだ。東京の大学に通う一敬はマンションの片づけや引っ越しの荷作りまで手伝ってくれて、今日もこうして付き添ってくれている。

けれど、祖父母はどうだろう。駆け落ちした母を勘当したくらいだから、恭に対していい印象を持っているとは思えない。

（……大丈夫。どんなことがあっても耐えられる。大人になるまでの辛抱だと思えば……）

睫毛《まつげ》を伏せ、恭は自分に言い聞かせるように心の中で繰り返した。

「寝とってええよ。北郷はまだまだだから」

隣の席の一敬があくびをし、シートを少し倒す。

「はい……」

秀敬の眼差《まなざ》しから逃れるために、目を閉じて寝たふりをしていたほうがいいかもしれない。

緊張した面持ちのまま、恭は軽く目を閉じた。

――この一ヶ月、本当にいろいろなことがあった。

母の急逝《きゅうせい》、初めて会った親戚、引っ越しや転校の手続き……。

気が張っているので眠れないかと思ったが、単調な振動に眠気を誘われて、いつのまにか恭はうとうとと微睡《まどろ》んでいた。

夢の中で母の声が聞こえたような気がして、無意識に唇《くちびる》に笑みが浮かぶ。

わがままで自分勝手なところもあったが、明るくてどんなときも前向きな人だった。シングルマザーとして生きていくには多くの困難があっただろうに、苦労を顔に出すのは無粋とばかりに笑顔を絶やさなかった。

『恭ちゃんは顔は私にそっくりなのに、性格は正反対ね』

よくそう言って笑っていたことを思い出す。

気が強くて、言いたいことはなんでもはっきり言う。小学校で恭がクラスの男子にいじめられたときも、学校に乗り込んでいって担任教師に話をつけ、いじめをやめさせた。

もうあんなふうに、全身全霊で守ってくれる人はいない。

これからは、自分が母のように強く生きていかなくては……。

「——！」

列車が大きく揺れて、恭は現実に引き戻された。

一瞬自分がどこにいるかわからなくて頭が混乱する。

（あ……）

顔を上げて、ぎくりとする。

秀敬の目が、真っ直《ます》ぐに恭を見つめていた。

橙色《だいだいいろ》の夕陽に照らされて、瞳が昏《くら》い光を湛《たた》えている。獲物を狙う獣のような、険しい目つきだ。

恭と目が合うと、秀敬は不機嫌そうに眉をひそめた。今度は目をそらそうともせずに、じっと恭を見据えている。

——この人に、いじめられるかもしれない。

ふと、そんな予感が胸をよぎる。

まったく根拠のない憶測だが……恭は秀敬の視線が怖かった。

射るような眼差しから逃れたくて、恭はぎゅっと目を閉じた。

——第一章　十五歳——

1

ぽつりと頬《ほお》に水滴が降りかかったような気がして、恭は足を止めた。

「……もしかして降ってきた？」

天気予報では夜まで持ちそうなことを言っていたが、昼頃から雲行きが怪しくなり始めていた。急に暗くなった空を仰《あお》ぐと、途端に大粒の雨が音を立てて降り始める。

「うわ……っ！」

「降ってきたな」

傍《かたわ》らの長身の男は特に驚いた様子もなく、普段通りの感情のこもらない口調で呟《つぶや》いた。

そしてやや乱暴に、恭の手首を摑《つか》む。

「走るぞ」

「待ってよ秀敬、どっかで雨宿りしようよ！」

「さっさと帰って風呂浴びたほうがええ」

ざあざあと降りそそぐ雨の中、大声で言葉を交わす。

確かに、走れば家まで三分ほどだ。秀敬の手を振りほどき、恭も全速力で走ることにした。

べったりと暑苦しかった空気が、雨で洗い流されてゆく。

田んぼの蛙《かえる》が大合唱する中、恭と秀敬は緩やかな坂道を駆け上がり、小高い丘の上にある家を目指した。


恭が北郷市に来て、もうすぐ一年になる。

この春、恭と秀敬は高校生になった。中学までは地元の公立に通っていたが、高校は伯父の勧めでふたりとも岡山市にある私立山星学園《さんせいがくえん》高校に進んだ。

岡山一の名門校で、地元北郷の中学から進学したのは恭と秀敬だけだ。

恭としては世話になっている上に学費の高い私立に通わせてもらうのは気が引けたのだが、地元の公立高校で陰口を叩《たた》かれる生活を想像すると気が滅入《めい》り、結局は好意に甘えることにした。日下部家の者は代々山星学園に行くものだ、という、祖母の命令のような言葉に乗じて。

かつて母も通っていたという山星学園は、地元の中学よりもずっと快適だった。人づき合いは苦手ながら、何人か友人もできた。

唯一の難点は、通学に時間がかかることだろうか。

――七月初旬、梅雨《つゆ》の真《ま》っ只中《ただなか》の、期末考査の二日目。

北郷駅からバスで十五分の道のりを揺られ、最寄りのバス停で降りたところで雨に遭った恭は、家にたどり着いて勝手口の軒下《のきした》に入ると大きく肩《かた》で息をした。

日下部家では、家族は普段裏手の勝手口を利用している。勝手口といっても普通の家の玄関くらい広々としており、表の玄関はまるで旅館のような立派な構えだ。

初めて日下部家を訪れたとき、恭は白壁の蔵のある立派な純和風の邸宅に度肝《どぎも》を抜かれた。林業で財をなした当主が、明治時代に建てたものだという。その後幾度か改修や増築をしているらしいが、どっしりとした佇《たたず》まいは当時の面影を色濃く残し、今でも恭は坂道の下からこの家を見上げるたびにタイムスリップしたような感覚に襲われる。

「やっぱり、坂道、走るの、きつい……」

はあはあと息を切らしながら、膝《ひざ》に手をついてぼやく。

「やわじゃな」

恭を見下ろして、秀敬がにやりと笑う。秀敬の息も荒かったが、恭ほどダメージを受けていないようだ。

「ただいま」

秀敬が勝手口の引き戸を開けると、台所にいた伯母がひょいと顔を覗かせた。

「あらあら、傘持ってなかったん？　電話してくれたらバス停まで迎えに行ったんに」

ずぶ濡《ぬ》れの恭と秀敬を見て、慌てて洗面所からタオルを持ってきてくれる。

「すみません」

受け取って、まずは雨と汗で濡れた顔を拭く。乾いたタオルの暖かさが心地よかった。

「すぐにお風呂沸かすから」

言いながら、伯母が踵《きびす》を返す。

黒光りのする板張りの床に腰かけて、恭はスニーカーと一緒に靴下《くつした》を脱いだ。

「うわ、靴下まで濡れてる」

「はよ風呂入ろうで。気持ち悪くてかなわん」

三和土《たたき》に立ったまま、秀敬がシャツのボタンを外してゆく。

「え？　ああ、秀敬先に入って」

「一緒に入りゃええ。そのままだと風邪《かぜ》ひく」

秀敬の言葉に、恭は戸惑って目を泳がせた。

日下部邸は風呂場もちょっとした旅館並に広いので、ふたりでも充分入れるが……十五にもなって従兄《いとこ》と一緒に入るのは気恥ずかしい。

「そうよ、ふたりで入っといで。着替え出しとくけん」

勝手口に戻ってきた伯母にも促され、仕方なく恭は風呂場へ向かった。

脱衣室に入ると、秀敬が恭に背を向けてさっさと服を脱ぎ始める。

がっちりした広い背中に、どきりとする。同じ家で暮らしているので上半身の裸くらいは見たことがあるが、一緒に風呂に入るのは初めてだ。

この一年で秀敬は成長し、ますます男らしくなった。身長は百八十センチを超え、剣道で鍛えた体はしっかりと筋肉がついている。

（……何見とれてるんだ）

くるりと秀敬に背を向け、恭は俯いてシャツのボタンを外した。

「先入っとる」

「あ、うん」

肩越しに言葉を交わして、秀敬は風呂場へ入っていった。

急いで濡れたシャツを脱ぎ、ズボンのベルトを外す。

ここへ来てから身長は少し伸びたものの、相変わらず恭の体は線が細くて頼りない。

雨は下着まで濡らしており、白いボクサーブリーフが肌にぴったりと貼りついていた。

思い切って脱いでから、脚の間を見下ろす。

（秀敬に見られるの、恥ずかしい……）

小ぶりな性器は皮に包まれ、陰毛もほとんど生えていない。

秀敬のそれを直《じか》に見たことはないが、一緒にプールへ行ったときに見た水着姿を思い出し、ため息をつく。

（秀敬から見たら、僕の体は子供っぽいんだろうな……）

タオルで前を隠してそっと風呂場の戸を開けると、秀敬は壁に向かって座り、体を洗っているところだった。

「シャワー使え。俺もう頭洗ったから」

「あ、うん」

秀敬に背を向けるようにして、隣の風呂椅子《いす》に座る。

熱い湯が、雨で冷えていた体に心地いい。

しばし無言で髪や体を洗う。秀敬がざあっと湯をかけて立ち上がり、湯船に浸かる気配がした。

「恭」

名前を呼ばれ、恭は首だけ振り向いた。

秀敬がこちらをじっと見つめていたことに気づき、動揺する。男同士だし、裸を見られても別にいいのだが……やはりどうにも気恥ずかしさが、拭えなかった。

「……何？」

急いで石鹸《せっけん》を洗い流し、手で前を隠して素早く湯船に入る。

「さっき帰りの電車で、知らんやつに話しかけられとったろ」

秀敬が恭のほうへ向き直り、湯が大きく揺れる。

少しでも肌を隠そうと、恭は肩まで湯に浸かった。

「うん……」

秀敬とはほとんど登下校が一緒なのだが、今日は秀敬が剣道部の顧問に用事があるというので先に帰ることにした。ひとりで電車に乗って空いた席に座って発車を待っていたところ、他校の男子生徒が隣に座り、話しかけてきた。

『なあ、今日はひとりなん？』

通学に電車を使うようになってから、ちょくちょく顔を合わせている男だった。岡山市内の公立高校に通っているらしく、北郷のひとつ手前の駅で乗り降りしている。

突然話しかけられ、喝上《かつあ》げでもされるのだろうかと怯《おび》えた。人を見かけで判断してはいけないが、高校生らしからぬ崩れた雰囲気には以前から警戒心を抱いていた。

電車のドアが閉まり、背中に冷たい汗が滲《にじ》む。

『いっつも一緒におるやつ、友達？』

意外なことを訊かれ、恭は首を横に振った。

友達ではなく、従兄だ。

もし従兄弟同士でなかったら、同じクラスにいても口を利くこともなかっただろう。それくらい、秀敬と自分の間には共通点がない。

『恭！』

男が何か言いかけたところで、隣の車両から秀敬が現れた。走ってきて、電車に飛び乗ったらしい。息が少し弾んでいた。

秀敬がじろりと睨《にら》みつけると、男は『なんだ、ひとりじゃなかったんか』とへらへら笑いながら席を移った。

そのときは何も訊《き》かなかったのに、なぜ今になって蒸し返すのだろう……。

「あいつになんて言われた？」

「え、別に何も……今日はひとりかって聞かれただけで」

さり気なく秀敬の視線から逃れようと、湯船の中で少しずつ体をずらす。

男に声をかけられたことよりも、今こうして秀敬と一緒に湯船に浸かっていることのほうが気になって、落ち着かない。

それ以上は何も訊かずに、秀敬はざばっと音を立てて立ち上がった。

黒々とした繁《しげ》みが目の端に映り、慌てて俯く。

「先に上がる」

「うん……」

秀敬が脱衣室から出ていくまで湯船に浸かったまま息を潜め……恭は少しのぼせてしまった。

2

期末考査が終わった金曜日。

久々の部活動で汗を流し、心地のいい解放感を味わう。

進学校ゆえ、山星学園は学校側も生徒たちもさほど部活に力を入れていない。恭の所属する男子バスケットボール部も人数が少なく、部員は全員レギュラーという有様だ。

地区大会では毎度一回戦敗退の弱小部だが、上下関係がさほど厳しくなく、気の合う仲間でのサークル的な感じで居心地がいい。中学のときは体育会気質が合わずに退部してしまった恭も、この学校では楽しく活動している。

「恭」

部室棟の前の水道で顔を洗っていると、後ろから名前を呼ばれた。

「あ、秀敬……お疲れ」

タオルで顔を拭きながら振り返ると、紺色の剣道着の秀敬が立っていた。日に焼けた肌に、玉のような汗が浮かんでいる。

「一口くれ」

そう言って水道の縁に置いてあった恭のステンレスボトルを手に取り、ぐいと呷《あお》る。

力強く上下する喉仏《のどぼとけ》に見とれ……剣道着の前がはだけて胸元が覗いていることに動揺し、恭は目を泳がせた。

三日前に風呂場で見た体を思い出し、なんとなく落ち着かない気分だった。

「あのさ、今日は本屋さんに寄って帰ろうと思ってるから、先帰ってて」

そう告げると、秀敬が目を眇《すが》めるようにしてじろりと見下ろす。

「俺も行く」

「え？　いいよ、つき合ってくれなくても……」

秀敬と一緒にいたくないわけではないが、無口で大人びた彼とふたりきりになると、少し気詰まりに思うことがある。

一年経っても、恭はなかなかこの従兄に慣れることができなかった。

秀敬の発する、猛々《たけだけ》しい男っぽさが苦手なのかもしれない。

声を荒げたり、暴力を振るったりするわけではない。学校では優等生だし、ぶっきらぼうだけど、面倒見はいいほうだと思う。

それでも恭は、ときどき秀敬の強すぎる視線から逃れたくなる。

部屋は別々だし、学校でもクラスが違うのだが……。

（秀敬だって、僕と一緒にいてもつまらないだろうし）

顔色を窺《うかが》うようにそっと視線を上げると、秀敬と目が合った。

「いや、俺も行く」

有無を言わせぬ口調に、仕方なく恭は小さく頷いた。


山星学園の校門前から路面電車に乗って岡山駅で降り、商業ビルの五階にある書店へ向かう。品揃《しなぞろ》えがよく、恭がいちばん気に入っている店だ。

「おまえ、ほんまこういうの好きじゃな」

ミステリ小説のコーナーで新刊を物色する恭の隣で、秀敬がぼそっと呟いた。

秀敬は小説はあまり好きではないらしく、部屋の本棚には剣道や武道の本、歴史について書かれた本しか置いていない。前に宮本武蔵《みやもとむさし》の『五輪書《ごりんのしょ》』という本を借りて読んだのだが、恭にはさっぱり訳がわからなかった。

「俺、雑誌んとこにおるから」

「うん」

どれを買おうか迷いながら、恭は生返事をした。

小遣いは充分にもらっているが、恭が自分で買うのは本と文房具、学校の自動販売機の飲料くらいだ。着るものは伯母が買ってくれるし、休日も遊びに行きたいとは思わないのでほとんど使わない。

時間をかけて文庫本を三冊選び、レジに持っていく。

会計を済ませて秀敬のいる雑誌コーナーへ向かいかけた恭は、向こうから近づいてきた男に気づいてぎくりとした。

「よお」

「……っ！」

先日電車の中で話しかけてきた男だ。にやっと笑い、こちらに歩み寄ってくる。

思わずあとずさると、馴《な》れ馴《な》れしく肩に手をまわされた。

「偶然じゃなあ。ひとり？」

ぶんぶんと首を横に振るが、男は恭の肩を押し、店の外へと誘導する。

秀敬ほどではないが、男は背が高かった。それに、逆らうと何をされるかわからないような怖さもある。

「そんな怖がらんでええって」

男はそう言って笑ったが、恭をフロア中央のエスカレーターではなく、人目につかない階段のほうへ連れていった。

「俺なあ、西川《にしかわ》高校の石島《いしじま》いうんじゃけど」

（どうしよう……どうしたら……）

秀敬を呼びたいが、体が凍りついたように動かない。

「なあ、名前なんてゆうん？」

「……っ」

男の息が耳にかかり、恭はぞっとして首を竦ませた。

いったい何をされるのだろう。暴力を振るわれ、金を巻き上げられるのだろうか。

ふいに尻《しり》を撫《な》でられ、全身が硬直する。

心臓が激しく動悸《どうき》を打ち、噴き出した汗が背中を冷たく濡らすのがわかった。

東京にいた頃、何度か電車の中で痴漢《ちかん》に遭ったことがある。不快な記憶がよみがえり、恭は反射的に男の手を振り払った。

「いてっ、何すんな！」

「――恭！」

男の咎《とが》めるような言葉と同時に、鋭い声が空気を切り裂いた。

（秀敬……！）

秀敬が怖い顔をして、こちらに向かって走り寄ってくる。それを見て石島が忌々《いまいま》しそうに舌打ちし、恭の肩を突き飛ばした。

「……あっ」

尻餅《しりもち》をつきそうになったところを、秀敬の力強い腕が支えてくれる。

胸に安堵感《あんどかん》が広がったのも束の間《つかま》、秀敬が猛然と石島に摑みかかろうとしたので、慌てて恭は後ろからしがみつくようにして止めた。

周囲の客が、ちらちらと遠巻きにこちらを窺っている。こんなところで騒ぎを起こしてはまずい。

誰かが呼んだのか、フロアの奥から制服姿の警備員が走ってきた。いち早く気づいた石島が踵を返し、面倒はごめんだとばかりにさっさと階段を駆け下りてゆく。

「秀敬！　もういいから！」

なおも追いかけようとする秀敬の腕を、恭は必死で摑んだ。恐ろしい力に引きずられそうになり、なりふり構わずその場にしゃがみ込んで食い止める。

「何かトラブルですか」

警備員の口調は丁寧だが、非難するような険しい表情だった。

「いえ、なんでもないんです。僕がちょっと絡まれそうになったのを、この人が助けてくれただけで……」

秀敬の腕をしっかりと摑んだまま、恭は立ち上がって弁解した。摑んだ腕を通して、秀敬の呼吸が少しずつ鎮まってゆくのがわかる。

警備員が眉をひそめ、ふたりを検分するように眺めた。県下随一の名門山星学園の制服が効いたのか、「気をつけるように」とだけ言って立ち去ってゆく。

「あの……ごめん」

ふたりきりになり、恭は秀敬の腕をそっと放した。強く摑んだせいで、指の跡がついている。

——さっきあの男に尻を触られたこと、気づかれただろうか。

どうか気づいてませんように、と心の中で願う。男に痴漢されたなんて、秀敬には絶対に知られたくない。

秀敬が、ちらりと恭を見やった。

「おまえに隙《すき》があるからだ」

ひどく不機嫌な声に、びくっと体が竦み上がる。

秀敬に叱《しか》られたのは初めてで、恭はおどおどして俯いた。

——そうだ。自分に隙があるから、変な男に絡まれるのだ。

「ごめんなさい……」

消え入るような声で謝ると、秀敬は苦々しげに「帰るぞ」と言って背中を向けた。

(僕がいかにも弱々しくて、ノーと言えなさそうなのがいけないんだ……)

自己嫌悪に陥りながら、恭は秀敬の背中を追った。

3

北郷市の西、隣町との境にある山の麓《ふもと》に、地元の氏神を祀《まつ》った北郷神社がある。

毎年七月下旬に夏祭りが行われ、日頃は静かな神社も大いに賑《にぎ》わうらしい。

恭は去年の八月にこの町にやってきたので参加することができなかったが、一敬や伯母からいろいろ話を聞いて、今年の夏祭りを楽しみにしていた。

「うわあ……花火！」

町はずれの神社の近くまで伯母の車で送ってもらった恭は、畦道《あぜみち》に立ち止まって歓声を上げた。

「なんだ、花火が珍しいんか？」

秀敬が呆《あき》れたように振り返る。

「そうじゃないけど、こういうところで見ると、いかにも夏祭りだなって感じがするじゃない」

花火自体はさほど大がかりなものではないが、鬱蒼《うっそう》と生い茂る鎮守《ちんじゅ》の森の上に色とりどりの光が広がるさまが美しい。

一年前にここに来て、恭は一寸先も見えない暗闇というものを初めて知った。北郷では、月のない夜は本当に墨を流したような闇に包まれる。

今宵《こよい》も月は雲に覆われており、暗い夜だからこそよけいに花火が美しいのかもしれない。

「……うわっ」

「足元気いつけえよ」

慣れない下駄《げた》で草の根につまずいた恭は、秀敬の腕に支えられて頷いた。

今夜はふたりとも祖母お手製の浴衣《ゆかた》姿だ。

夕方、風呂上がりに祖母に紺色の絣《かすり》の浴衣を着せてもらい、恭は目を輝かせた。夏祭りのために作ってくれることになっていて、楽しみにしていたのだ。

『うわあ……ありがとう』

田舎《いなか》の夏祭りも初めてだし、きちんとした浴衣を着るのも初めてだった。こちらに来てからは夜寝るときにはパジャマではなく祖母が作ってくれる浴衣を愛用しているのだが、寝間着用の浴衣とは全然違う。

『秀敬とお揃いにしたんじゃけど……ああ、色違いにすりゃあえかったかなあ』

襟を整えて帯を締め、祖母はにこにこしながら恭の浴衣姿をためつすがめつ眺めた。

日下部家の離れに隠居している祖父母は、一年前に恭がこの家にやってきたとき、たいそう喜んでくれた。

母はこの祖父母に勘当されたわけで……母が駆け落ちして産んだ子供である自分は、祖父母にとって疎ましい存在なのではと怖れていたのだが、そんな心配は杞憂《きゆう》だった。

祖父も若い頃は気性が激しかったらしいが、娘の駆け落ちがよほど応えたらしい。年月を経て歳を取った今、恭のことは温かい目で見守ってくれている。

『秀敬、あんたも着てみられえ』

秀敬は気乗りしないようだったが、祖母に促されて仕方なさそうに服を脱いだ。どうやら毎年着ているらしく、着付けも手慣れたものだった。

（やっぱり秀敬のほうが板についてるっていうか、似合ってるよなあ……）

隣を歩く秀敬を見上げ、恭はお揃いの浴衣に少々面映《おもは》ゆいような気持ちになった。

やがて畦道が途切れ、舗装された道路を渡り、鳥居へ向かう。

参道は大勢の人々でごった返していた。ずらりと並んだ提灯《ちょうちん》や夜店、境内《けいだい》から聞こえる祭囃子《まつりばやし》の音色に、気持ちが高揚する。

「あ、綿飴《わたあめ》！　ねえ、あとであれ買いたい」

ふわふわした白い綿飴の店を見つけ、恭は思わず秀敬の袖《そで》を引いた。子供の頃に縁日で母に買ってもらったことがあり、懐かしさが込み上げる。

「……はぐれんようにせえよ」

ちらりと恭を見下ろした秀敬が、なぜかぷいと目をそらす。

子供っぽい振る舞いが恥ずかしくなり、慌てて恭は秀敬のあとを追った。

境内に設けられた舞台では、この地方に古くから伝わる北郷神楽《かぐら》が始まっていた。悪疫や凶作などをもたらす荒神を鎮めるために奉納されるものだという。

豪快な太鼓の音、古い面をつけた神楽太夫《たゆう》の独特の舞——舞台の両脇には篝火《かがりび》が明々と燃えており、恭は魅入られたように見つめた。

「すごい……」

力強い舞と太鼓のリズムに、思わずため息が漏《も》れる。

「ああ。これはすげえよな」

秀敬も恭の隣に立ち止まり、頷く。

見上げると、精悍《せいかん》な横顔が篝火に赤く照らされていた。いつもはあまり感情を見せない秀敬も、熱のこもった眼差しで舞台を見つめている。

舞台に大きな張りぼての大蛇が現れ、わっと一際大きな歓声が上がった。太夫が数人がかりで操る大蛇はまるで魂が宿ったかのようにうねり、所狭しと這《は》いまわる。

夢中になって、恭は大蛇の動きを目で追った。

耳ではなく、体に直に太鼓の音が響いてくるような、不思議な感覚に囚《とら》われる。

（こんなの初めてだ……）

やがて太鼓の音が、恭自身の鼓動とぴたりと重なった。

ふいに恭は、自分には間違いなくこの北郷の血が流れているのだと実感した。

母はこの地の出身だし、ここに移り住んでもう一年にもなる。けれど恭は、自分がよそ者であるという思いを拭い切れずにいた。

ここに来てから、何もかもが順風満帆《じゅんぷうまんぱん》だったわけではない。日下部家の人たちはよくしてくれたが、地元の中学に転入した恭は、私生児であることを種にさっそくいじめられそうになった。

しかし、すぐに秀敬が気づいて庇《かば》ってくれた。優等生で皆から一目置かれている秀敬が睨みをきかせてくれたおかげで、表だって恭の悪口を言う者はいなくなった。

秀敬がいたから、少しずつこの環境に馴染んでいくことができた。

秀敬と血の繋がりがあること、自分の居場所が北郷にあること、それが無性に嬉《うれ》しい。

そばにいる従兄にそれを告げたい衝動に駆られ、恭は秀敬の浴衣の袖をそっと摑んだ。

「どうした？　腹減ったんか？」

物言いたげに見上げる恭を、秀敬は誤解したらしい。

「神楽は遅うまでやっとるから、先になんか食うか」

「…………うん」

急に照れくさくなり、恭は視線を揺らしながら頷いた。

「秀敬……、秀敬！」

辺りを見まわし、秀敬の紺色の浴衣を探す。

一緒にかき氷を食べたあと、人混みで秀敬とはぐれてしまった。普段はがらんとしている境内は北郷じゅうの人間が集まったのではないかというほど混雑していて、いつもは目立つ長身の秀敬もなかなか見つからない。

「あ……ごめんなさい」

酔客にぶつかりそうになり、慌てて恭は謝った。人混みから離れ、境内の片隅の杉木立に身を寄せる。

高校に入ってから携帯電話を持たせてもらうようになったのだが、こういうときに限って持ってくるのを忘れてしまった。

(まあいっか。会えなくても、別々に帰れば済むことだし)

せっかくなのでもう少し祭りを楽しむことにして、恭は杉の幹にもたれて慣れない下駄履きの足を休めた。

杉木立の奥に小さな御堂があり、その脇に裏山へ登る道が続いている。昼間に一度登ったことがあるが、北郷の町を一望できる眺めのいい場所だった。

(夜見たら、どんな感じなんだろう)

興味をそそられ、恭は裏山への道に足を踏み入れた。暗くなってからこんな場所までやってくる人はいないらしく、外灯がないので足元が危うい。

時折上がる花火の明かりを頼りに、そろそろと歩く。木立の合間から見える花火もなかなか風情があっていいが、懐中電灯もなしに頂上まで登るのは無謀というものだろう。

（あそこの祠《ほこら》まで行ったら引き返そう）

それでも好奇心を捨てることができず、十メートルほど先に見える祠を目指す。

「よう」

祠の前で立ち止まって花火を眺めていると、後ろから声をかけられて恭はぎくりとした。

「あ……」

――まずい。あの男だ。街の書店で恭に絡んできた、石島という他校生。

タンクトップにジーンズという私服姿のせいか、いつもより更に崩れた雰囲気だった。

石島がにやっと笑い、大股《おおまた》で近づいてくる。恭が裏山に入ったことに気づき、あとをつけてきたのかもしれない。

「へへ、また会ったなあ」

「……っ！」

石島の脇を擦《す》り抜けようとしたが、腕を掴まれてしまった。

「逃げんなって。ちょっと話がしてえだけじゃ」

嘘だ。この男は、自分に性的な興味を持っている。こんな暗くてひとけのない場所でふたりきりでいるのは危険だ。

怯えた目で見上げると、石島は馴れ馴れしく恭の腰を抱き寄せた。

「制服姿もええけど、浴衣もたまらんなあ」

「や……っ」

浴衣の胸元に手を差し込まれ、恭は小さく悲鳴を上げた。

湿った手のひらが、薄い胸を無遠慮にまさぐる。

「や、やめてください！」

花火がしばし途絶え、周囲が暗闇に包まれる。手を振りほどこうと力一杯もがくが、石島の力は強かった。

「ひ……っ」

顎《あご》を摑まれて上向かされ、煙草《たばこ》の匂《にお》いのする息を吹きかけられる。石島が無理やり唇を重ねようとしていることに気づいて、恭は必死で顔を背けた。

攻防の末になんとかキスから逃れるが、首の付け根の辺りにちくりとした痛みが走り、ぎくりとする。

（……!?）

石島に咬《か》まれたせいだと知って、全身の肌がぞわりと粟立《あわだ》った。

浴衣の襟元を左右に広げながら、石島が無遠慮に舌を這わせてくる。肌をところどころきつく吸われ、そのたびに言いようのない不快感が込み上げてくる。

いったい何をされているのかわからなくて、怖くて気味が悪かった。これ以上耐えられそうになくて、渾身《こんしん》の力を振り絞って石島の肩を突き飛ばす。

「うおっ」

不意を突かれた石島がよろめく。その隙に、恭は背中を向けて逃げ出した。

「この……っ」

石島が体勢を立て直し、追いかけてくる。

下駄はとっくに脱げて裸足《はだし》だ。おまけに浴衣は走りにくくて、すぐに木の根に足を取られてつまずいてしまった。

手をついて立ち上がろうとした恭に、石島が背後から覆い被《かぶ》さる。

「——うっ！」

いきなり脚の間の急所を強く握られ、恭は息を呑《の》んだ。

「大人しゅうせえ！」

耳元で石島が怒鳴る。これまでの猫撫で声とは別人のような、暴力的な恫喝《どうかつ》だ。

騒いだら握り潰されそうで、恭は足をがくがく震わせた。態度を豹変《ひょうへん》させた石島が怖くて、抵抗する気力が萎《な》えてしまう。

恭が大人しくなると、石島は浴衣の中へ手を忍び込ませ、下着の上からゆるゆると性器をまさぐり始めた。

「い、いや……っ」

「大丈夫じゃって。気持ちええようにしてやる」

再び薄気味悪い猫撫で声になり、石島が恭の体を裏返して草むらの上に押し倒す。

「……や、やめ……っ」

下着を引きずり下ろされ、初々しいペニスが外気に晒《さら》された。

「へへ、顔も綺麗《きれい》じゃけど、ここもえれえ綺麗なんじゃなあ」

茎の部分を握られて、乱暴な手つきで扱《しご》かれる。

他人にそこを触られるのは初めてだった。自慰もろくにしたことがない恭にとってはただ痛いだけで、涙がぽろぽろと頬を伝う。

「どうした？　気持ちよくねえんか？」

恭のペニスがいっこうに欲情の兆《きざ》しを見せないので、石島が苛立《いらだ》ったように問いかけてくる。

ふるふると首を振ると、石島は無理やり先端の包皮を剥《む》こうとした。

「い、痛い、もうやめて……っ！」

泣き叫ぶと、性器をまさぐる手が離れていった。ほっとしたのも束の間、石島がジーンズのベルトを外す音がして凍りつく。

(嫌だ……!)

花火はいよいよ佳境に入ったらしく、豪快な音が立て続けに鳴り響く。

境内から聞こえてくる太鼓や人々のざわめきが、耳の奥で幻聴のように木霊《こだま》していた。

――恭が襲われそうになっていることを、誰も知らない。

誰も助けてくれない。自分で逃げるしかないのだ――。

「うあっ!」

ふいに、石島が叫び声を上げて視界から消えた。

花火の音に紛れて、生理的な嫌悪感を覚えるような鈍い物音が聞こえてくる。

(な、何…⁉)

花火の青白い閃光《せんこう》が辺りを照らし、長身の男のシルエットを浮かび上がらせた。

石島ではない。石島はどこへ行ったのだろう。

何が起こったのかわからなくて、恭は混乱しながら上半身を起こした。

「ひ……っ!」

石島が、そばの木の根元に転がっていた。顔は鼻血で汚れ、胃の辺りを押さえながら苦しげにもんどり打っている。

「――恭!」

力強い手にぐいと腕を引かれ、恭は長身の男――秀敬の胸に倒れ込んだ。

――秀敬が助けに来てくれた。

恭に理解できたのはそれだけだった。まだ気が動転していて、感情が追いつかない。

「大丈夫か？」

秀敬の声に、今更ながらがくがくと足が大きく震える。

下着を引きずり下ろされたままだったことを思い出し、浴衣の下に手を入れて引っ張り上げる。

「……秀敬……、な、殴《なぐ》ったの……？」

力が強いことは知っていたが、優等生の秀敬がそんなことをするとは思っていなかったので、恭はまだ信じられないような気持ちだった。

「このやろ……っ」

石島が呻《うめ》き、悪態をつきながら片膝を立てた。

秀敬の体に怒りが漲《みなぎ》り、止める暇もないほどの速さで石島に向かっていく。

「ぐあっ！」

「やめて！」

秀敬に腹を蹴《け》られた石島が叫び、恭は悲鳴を上げた。

「こいつに二度と手え出すな！」

「……ちょっとからかっただけじゃねえか……」

秀敬の剣幕に、石島はこれ以上かかわるのはまずいと判断したのだろう。口の中でもごもごと捨てゼリフらしき言葉を吐き、腹を押さえてよろめきながら、小走りに逃げていく。

花火が一段落したのか、人々のざわめきと神楽の太鼓がはっきりと聞こえてきた。

心臓が、ひどく大きな音でばくばくと疾走している。支えを失って、恭はその場にへなへなとへたり込んだ。

秀敬も肩で大きく息をしながら、険しい表情のまま石島の去った方角を睨みつけている。

ようやく恭も、この事態に感情が追いついてきた。

(秀敬が、助けに来てくれた……)

それが嬉しくて、心の中がじんわりと熱くなる。

「あの……」

礼を言おうと口を開きかけると、秀敬が振り返った。大股で歩み寄ってきて、恭のそばに膝をつく。

「あいつに何された」

詰問するような口調に、恭はおそるおそる秀敬の顔を窺った。暗闇の中で、秀敬の目はぎらぎらと不穏な光を放っている。

(怒ってる……? どうして……?)

秀敬が何に怒っているのかわからなくて、恭は戸惑った。

「何も……あっ」

言いかけたところで、乱暴に浴衣の襟を左右に開かれた。ほどけかけていた帯がはらりと落ち、胸がすっかり露《あらわ》になる。

「や、ちょ、ちょっと……っ！」

慌てて隠そうとするが、浴衣が二の腕に絡まって思うように動かせない。

「……これはなんな」

鎖骨の辺りを指で強く押され、恭はそこへ視線を落とした。

白い肌に、くっきりと鬱血の跡がある。いつからそんなものがあったのか、まったく思い出せなかった。

「あいつにつけられたんか」

「え……？」

キスマークを知らない恭は、きょとんとして秀敬の顔を見上げた。とぼけたわけではなく、さっき強く吸われたことと鬱血が結びつかなかったのだ。

「……あっ」

鬱血の跡は鳩尾《みぞおち》の辺りまで点々と続いていた。点検するように指でたどられ、鼻にかかったような声が出てしまう。

（変な声が出ちゃった……）

秀敬に気色悪いと思われただろうか。唇を噛《か》んで、漏れそうになる声を堪《こら》える。

しかし困ったことに、秀敬に触られているうちに体が不埒《ふらち》な熱を帯び始めていた。石島に触られたときは、怖くて気持ち悪いだけだったのに……。

(ど、どうして……)

浴衣の前がはだけているので、下着の膨らみが目立ってしまう。そこを隠そうと、恭はもじもじと膝を摺《す》り合わせた。

「あ……っ」

鬱血の数を調べ終えた秀敬が、恭のボクサーブリーフのウエストへ手をかける。

下着を下ろされそうになり、恭は驚いて目を見開いた。

「な、何⁉」

慌てて身を捩《よじ》り、秀敬の手から逃れようと尻であとずさる。

「あいつに何されたか調べとるだけじゃ」

乾いた声でそう言って、秀敬は容赦なく恭の下着を下ろそうとした。

「何もされてない！　されてないから！」

暴れているうちに袖の絡まりが解け、ようやく手が自由になる。慌てて恭は、脚の間を手で覆った。

こんな状況でこんな状態になっているのを、秀敬に見られたくない。

「……っ！」

恭の手を払いのけ、秀敬が下着を引きずり下ろす。

中途半端に熱を持ったペニスが飛び出し、ふるりと揺れた。こんなときに限って、雲の合間から月が現れて辺りを皓々《こうこう》と照らす。

「…………あいつに触られて勃《た》ったんか」

違う。さっき石島に触られたときはこんなふうになっていなかった。

激しく首を横に振ったが、ではどうして勃起《ぼっき》しているのかと訊かれるのが怖い。

「言え。あいつに何された？　どこまでされたんな！」

秀敬の剣幕に、恭はひっと息を呑んだ。

おまえに隙があるからだと叱られたときのことがよみがえり、体が竦む。

「……う」

嗚咽《おえつ》が漏れ、涙が溢《あふ》れてきた。

「泣くな！」

泣くなと言われても、涙は止まらなかった。それどころか、秀敬が怖くてますます嗚咽が激しくなってしまう。

子供のようにぼろぼろと泣き出した恭を見て、秀敬が苛立たしげに唸《うな》り声を上げる。

「……！」

ふいに秀敬に抱き寄せられ、恭は目を見開いた。

背中にまわされた手が、恭の細い体を痛いほど締めつけてくる。胸と胸がぴったりと重なり、秀敬の熱が生々しく伝わってくる。

（秀敬……？）

秀敬の意図がわからなくて困惑するが、怒鳴られるよりはこうして抱き締められていたほうが心地いい。

次第に体の力が抜けていくのを感じ……恭は無意識に秀敬に身を委ねた。

しばらくそうして恭を抱き締めていた秀敬が、そっと体を離して囁《ささや》く。

「……このままじゃつれえだろ」

「え……？」

秀敬が草むらに足を投げ出して座り、恭の体を抱き寄せる。

秀敬に背後から抱っこされるような格好になり、恭は戸惑って後ろを振り返った。

「あ……っ」

大きな手でそっとペニスを包み込まれ、思わず声が漏れる。

「ひ、秀敬……っ」

振り払おうと秀敬の手を摑むが、やわやわと揉《も》まれて力が抜けてしまう。

石島の乱暴な手つきとは違って、秀敬の愛撫《あいぶ》は丁寧で優しかった。萎えかけていたそこが、秀敬の手の中で硬くなる。

「だめ……放して……」

抗議の声が、自分でも驚くほど甘くて弱々しかった。

「怖がらんでええ……出すだけじゃ」

耳元で囁かれ、恭はくすぐったさに首を竦めた。

もう言葉の意味は考えられなかった。あやすような口調に、体から緊張感が抜けてゆく。

「……ん、……んっ」

半ば夢を見ているような気持ちで、恭は目を閉じて秀敬の愛撫に身を委ねた。

「恭……気持ちいいか……？」

「ん……あ、あ……っ」

幼い欲望は、秀敬の手の中であっけなく弾《はじ》けた。

自慰とは比べものにならないほどに甘美で……一瞬恭は、自分がいってしまったこともわからないほどだった。

秀敬が汚れた場所をハンカチで拭ってくれるのを、ぼんやりと人ごとのように見つめる。

白い飛沫《ひまつ》は、目の前の草むらにも飛び散っていた。

月明かりのせいか、ひどく現実味のない光景だ。どこからどこまでが現実だったのか……それともすべてが夢だったのだろうか。

「恭」

名前を呼ばれ、のろのろと顔を上げる。

唇に、何か熱いものが触れた。

「………？」

それがなんなのか理解する前に、熱い何かはすっと離れていった。

秀敬が恭の下着を上げ、はだけた浴衣を直してくれる。脱げて転がっていた下駄も拾ってきて履かせてくれた。

「……帰るぞ」

こくんと頷き……恭は差し伸べられた手を握った。

4

——蟬《せみ》がやかましいほどに鳴いている。

夕暮れどきの縁側に膝を立てて座り、恭はぼんやりと庭を見つめた。蜻蛉《とんぼ》が一匹やってきて、目の前の靴脱ぎ石の縁にとまる。

（あのときのあれ、なんだったんだろう……）

一週間前の夏祭り以来、ふと気がつくと考え込んでいる。

あのときの……唇に触れた感触のことを。

（キス……だよな？）

あのときはわけがわからず呆然《ぼうぜん》としてしまったが、触れたのは確かに秀敬の唇だった。

（それを世間ではキスというんだろうな……やっぱり）

ほかに何か意図があったのではないか。しかしいくら考えても思いつかない。

——あのあと、秀敬は黙って恭の手を引いて、なるべく人目につかない道を通って連れて帰ってくれた。

おんぶしてやろうかと言われて首を横に振ったが、繋いだ手は家の近くまで放してくれなかった。

幸い家族は皆出払っており、恭は秀敬に促されて先に風呂を使わせてもらった。泥で汚れた浴衣や下着も、秀敬が自分のものとまとめて洗濯機にかけてくれた。翌日、手縫いの浴衣を洗濯機で洗うとは何事かと祖母にお小言を食らったらしいが。

詰問されたときは怖かったが、あとはいつもの無口で面倒見のいい従兄に戻り、祭りが終わると同時に平穏な日常が戻ってきた。

（あれから秀敬は、なんにもなかったみたいな顔してる）

恭の失態をなじったり、恥ずかしい行為を蒸し返してからかったりもしない。

そして……キスについての釈明や言い訳もしない。

「温《ぬる》うなるぞ」

「え？」

急に声をかけられ、恭は驚いて顔を上げた。蜻蛉も驚いたのか、石の縁からふわりと飛び立つ。

「麦茶」

恭の後ろを歩きながら、秀敬がぼそりと呟く。

見ると、縁側に置いた麦茶の氷が溶けていた。びっしょりと汗をかいたグラスがコースターに輪染みを作っている。

「あ……」

慌てててグラスを取り上げて一口飲む。麦茶はすっかり温くなっていた。

秀敬の後ろ姿を見つめ、今更ながら顔が熱くなる。

祭りが終わって日常に戻ったと思っていたが……秀敬はどうなのだろう。

もともと口数は少ないし、始終べったり一緒にいるわけではない。

けれど、ほんの少し、以前よりもよそよそしくなった気がする。

（やっぱりまだ怒ってるのかな……）

あのとき、石島に隙を見せて窮地に陥った恭に、秀敬はひどく腹を立てていたようだった。

膝を抱えて庭を眺めているうちに、じわっと頬が熱くなる。

あのときのことを思い出すと、つい秀敬にされたことが脳裏《のうり》によみがえってしまう。

……秀敬に手でされたときにはびっくりしたけれど、男同士の間では、ああいうことはよくあることなのかもしれない。中学のときの同級生の中には、兄や友人に自慰を教わったという者もいた。兄弟のいない恭には信じ難い話だったが、多分世間では珍しいことではないのだろう。

（秀敬は僕のこと、従弟だから面倒見なきゃとか思ってるみたいだけど……）

同い年とはいえ秀敬は大人びているので、恭のことは弟くらいに思っているのかもしれない。実際五月生まれの秀敬と二月生まれの恭は一年近く差がある。

裏庭から、秀敬が日課にしている竹刀の素振りの音が響いてきた。

温くなった麦茶を飲み干して、恭はその音から逃れるように立ち上がった。

日下部家で恭に与えられた部屋は、少し変わった場所にある。

二階にあるのだが、秀敬や一敬の部屋とは棟も階段も違う。勝手口のそばの小さな階段を上がるとその昔女中が使っていたという四畳半が二間あり、襖《ふすま》を取り払って二間とも恭が使わせてもらっている。

かつての使用人の部屋だからといって、恭が冷遇されているわけではない。母も好んでこの部屋を使っていたそうだ。半二階のような独立した造りになっていて、階段で繋がっている離れのようなものだし、眺めもいいので恭も気に入っている。

——夜半に何か物音がしたような気がして、恭は寝返りを打った。

暗闇の中、誰かが畳《たたみ》の上を歩いているような気配がする。

重たい瞼《まぶた》を持ち上げると、網戸越しに月明かりが皓々と室内を照らしていた。

半ば夢見心地で、寝ぼけた声で問いかける。

「誰かいるの……？」

「——俺だ」

よく知った声がそう答え、恭の枕元に屈《かが》んだ。

「秀敬？」

目を擦《こす》りながら、もそもそと起き上がって布団《ふとん》の上にぺたんと座る。あまり寝起きのよくない恭は、今ひとつ状況がわからなくてぼんやりと視線をさまよわせた。

「どうしたの？　電気つけてよ」

あくびをしながら、枕元の電気スタンドのスイッチを探る。

「つけんでええ」

「え？」

スイッチに伸ばした手を握られ、恭ははっとした。

ようやく意識が覚醒し、深夜に秀敬が部屋にやってきたことの不自然さに気づく。

「う……っ！」

いきなりきつく抱き締められ、恭は呻き声を上げた。

秀敬が覆い被さるように体重をかけ、どさりと布団の上に押し倒される。

「ひ、秀、んんっ」

名前を呼ぼうとしたが、唇を塞《ふさ》がれる。

それは先日のような優しいものではなく、ひどく乱暴な口づけだった。

「ん、んう……っ！」

口の中に、熱い舌が差し込まれる。

口腔《こうこう》内を舐《な》め尽くすように貪られ、恭は手足をばたばたさせてもがいた。

しかし両手はがっちりと布団に押さえつけられているし、秀敬が上にのしかかっているので足もあまり動かせない。

「……っ」

なんとか顔を背けて息苦しいほどの口づけから逃れ、恭は大きく胸を上下させた。

恭の上に馬乗りになった秀敬が、性急な手つきで恭の寝間着の浴衣の胸を左右に開く。

――秀敬が、石島と同じことをしようとしている。

(どうして⁉　なんで秀敬が……⁉)

何かの間違いだと思いたかった。悪い夢を見ているのだと言い聞かせ、目を覚まそうと瞬きを繰り返す。

「ひ……っ」

露になった白い胸をまさぐられ、恭はびくりと震えた。

夢ではない。現実だ。

ここで大声を出しても、一階の奥の座敷で寝ている伯父夫婦や、離れの祖父母には届かないだろう。そもそも、叫ぼうにも大きな声が出なかった。

「……やっ、や、やめ……」

乳首に吸いつかれ、涙が溢れてくる。

石島のときも怖かったが、秀敬のほうがもっと怖かった。

石島に襲われたときは秀敬が助けてくれたが、秀敬に襲われたらいったい誰が助けてくれるというのか――。

声もなく泣き出した恭に、ねっとりと乳首を味わっていた秀敬が顔を上げる。

「……恭」

「い、いや……怖い……」

顔を手で覆い隠し、子供のようにしゃくり上げる。

「恭……恭……」

名前を繰り返しながら、秀敬は恭の体をしっかりと抱き締めた。

密着した部分が燃えるように熱い。

夏祭りのときよりも、もっと……。

「……！」

秀敬は、勃起していた。硬く盛り上がった高ぶりを、恭の太腿《ふともも》に押しつけるように当てている。

「……こないだ、気持ちよかっただろ」

「あ……っ」

耳元で囁かれ、かくんと体の力が抜けてゆく。

忘れたくても、忘れられるわけがない。めくるめく官能の記憶がよみがえり、恭は無意識に吐息《といき》を漏らした。

（だめだ……こんなこと……）

そう思うのに、体が動かなかった。

押しつけられた勃起の感触が、恭の中にある欲情を呼び覚ます。

布団の上でぐったりと目を閉じると、秀敬がもう一度唇を重ねてきた。

その感触に胸が高鳴り、抵抗する気力を奪われる。舌が唇を割って入ってきたときも、不思議と怖さや嫌悪感はなかった。

「ん…………」

じっくりと丁寧に舌を絡められ、恭はうっとりと身を委ねた。

これがキスなのだ——一瞬触れただけのキスでもなく、貪るような乱暴なキスでもなく、優しいキスが恭の体を甘くとろけさせてゆく。

「あ……っ」

浴衣の上から脚の間をまさぐられ、恭は反射的にきゅっと膝を閉じた。

そうすることで秀敬の手を誘い込むように挟んでいるのだが、快感の波に攫《さら》われかけている恭は気づかなかった。

優しく揉まれて、もじもじと腰を揺らす。いつのまにかそこは、欲望を湛えて勃ち上がっていた。

秀敬が浴衣の合わせに手を差し入れ、下着の上からペニスをまさぐる。

布越しの感触がもどかしくて、恭はねだるように腰を浮かせた。

「恭……」

掠《かす》れた声で囁き、秀敬が恭のボクサーブリーフをずり下ろす。

ふるりと飛び出したそこが、秀敬の手に当たる。

「ああ……っ」

秀敬の手を感じて、初々しい亀頭から透明な先走りがどっと溢れた。

恭の痴態に煽《あお》られたように、秀敬が自らの浴衣の前をはだけて下着を下ろす。

(……あ……)

ふたつの性器が直に触れ合う感触に、恭はぶるっと腰を震わせた。

体を重ねているので見えないが、秀敬のものの大きさが生々しく伝わってくる。

改めて恭をしっかりと抱き、秀敬は自分と恭の裏筋をぴったりと重ねた。そして擦り合わせるように、ゆるゆると腰を使う。

「だめ……、そんなことしたら……」

すぐに出てしまう。そう言おうとしたが、唇を塞がれてしまった。

「……ん、んん……っ!」

――体の奥から熱い奔流が込み上げ、恭は夢中で秀敬の首にしがみついた。

秀敬が動きを止め、恭の体をきつく抱き締める。

「――――！」

びくびくと震えながら、恭は射精した。

密着した秀敬の体が、恭の放ったもので熱く濡れてゆく。

はあはあと息を喘《あえ》がせて、恭は射精の余韻に浸った。

手でされたときよりも、ずっと気持ちよかった。一瞬自分の身に何が起こったかわからなかったほどだ。

「……あっ」

秀敬の身じろぎに、現実に連れ戻される。

秀敬の硬い屹立《きつりつ》が濡れている感触に、かあっと頬が熱くなる。

（……秀敬にかけてしまった……）

恥ずかしくて居たたまれない気持ちだった。体を捩って秀敬から逃れようとするが、それより先に秀敬にがっちりと腰を摑まれてしまう。

「あっ、いや、秀敬……っ」

再び秀敬が動き始める。

いったばかりのペニスを硬い屹立で擦り立てられ、恭は身悶《みもだ》えた。

（あ……く、くる……！）

やがて秀敬の射精が近いことが伝わってきて……恭はふいに秀敬のことがたまらなく愛《いと》おしくなった。

──従兄弟同士だからだろうか。

それとも、甘美な秘密を共有したからだろうか。

「……っ」

密着した体の間で秀敬が熱い奔流をたっぷりとほとばしらせ、その生々しい感触に恭の体がびくびくと震える。

恭の上で、秀敬が荒々しく息を吐いた。

月明かりが差し込む薄闇の中、互いの心音だけが耳に響いている。

なぜだかよくわからないが、とても満たされた気分だった。

しばらくそうやって官能の余韻を味わい……汗で額に貼りついた前髪をかき上げる。

「秀敬……重いよ」

「……わりい」

恭を腕に抱いたまま、秀敬がごろりと横へ転がる。

真夏の夜に抱き合っているのに、不快ではなかった。秀敬と密着している部分が心地よくて、汗が引き始めた背中が肌寒く感じられるほどだ。

（今の、なんだったんだろう……）

なぜ夜中に部屋に訪ねてきて、どうしてこんなことをしたのか訊いてみたい。なんと言って切り出すか、恭は言葉を探した。それとも、秀敬のほうから何か言うのを待ったほうがいいのか。

しかし秀敬が口を開く気配はなかった。じっと天井《てんじょう》を見上げて、唇を真一文字《まいちもんじ》に引き結んでいる。

（どうして僕にこんなことするの……？）

秀敬の横顔を見つめながら、恭は口にできなかった質問を心の中で呟いた。

夏祭りのときのあれは、恭が勃起してしまったから処理してくれただけだ、と思う。最後にキスしてくれたのは、ほんの慰めだったのかもしれない。

だけど、今夜のこれは……？

秀敬の腕の中で悩んでいると、ふいに額にキスされたような気がした。

……間違いではない。ほんの少し触れるだけのキスは、額からこめかみへ、そして頬に落ちてくる。

秀敬も、自分のことを愛おしいと思ってくれているのだろうか。

さっき恭は、確かに秀敬を愛おしいと感じていた。それは友情や恋愛感情ではなく、従兄弟という血の繋がりゆえのものかもしれないが……。

（秀敬は、僕のことどう思ってるんだろう……）
訊いてみたいような、訊くのが怖いような気持ちだった。
——逡巡《しゅんじゅん》しているうちに、いつのまにかうとうとと眠ってしまったらしい。
朝目が覚めたとき、部屋に秀敬の姿はなかった。

5

八月に入り、夏期講習が始まった。

山星学園では夏期講習の全員参加が義務づけられており、一、二年生は午前中みっちり授業を受ける。午後は部活動の時間ということになっているが、夏休み中はほとんどの部が自由参加なので、恭の所属する男子バスケ部も半数ほどしか出てこない。

けれど恭は、なるべく部活に出るようにしている。家に帰ってもだらだらするだけだし、いつもより閑散とした体育館の雰囲気も好きだった。

その日も、教室で弁当を食べてから恭は体育館に向かった。

「日下部」

部室棟のそばで同じバスケ部の同級生に声をかけられ、立ち止まる。

「竹本《たけもと》、久しぶりだね」

恭と対照的に、竹本は夏休みになってからほとんどバスケ部に顔を出していない。生徒会と掛け持ちしているので、そちらの活動のほうが忙しいのだろう。

「あれ？　おまえ、瘦《や》せたんじゃねえ？」

「そうかな……？」

「ああ。ただでさえ細せーのに、今ウエスト何センチだよ」

「うわ、やめろって」

脇腹を摑まれ、恭はくすぐったさに身を捩って笑った。

「なあなあ、聞いた？　おまえの従兄の話」

「……え？」

竹本が、内緒話をするように恭の肩に手をまわす。

「バレー部の二年に、上松《うえまつ》先輩っておるじゃろ。ほら、髪が長くてすげー美人の」

「……ああ」

先輩たちがよく話題にしているし、同じ体育館で練習しているので顔は知っている。はっきりした目鼻立ちの、女優の某《なにがし》に似ていると評判の女子生徒だ。

「上松先輩、おまえの従兄に告ったらしいぞ」

声を潜めた竹本のセリフに、恭はどきりとした。

「へえ……そうなんだ」

さり気なく返事をしたつもりだが、少し声が上擦ってしまったかもしれない。

（秀敬が告白されるのなんて、いつものことなのに……）

中学のときから、秀敬はもてていた。同級生によれば、小学校のときから既に学年でいちばん人気だったらしい。

当然つき合って欲しいというアプローチも多いが、秀敬は片っ端から断っている。

「おまえの従兄ってさあ、あんなにもてるのに彼女いねえってありえんよな。よっぽど理想が高いん？　それとも誰か好きな人がおるとか？」

「さあ……」

何かの話のついでに、なぜ彼女を作らないのか聞いてみたことがある。

『作らんと決めとるわけじゃない。とりあえず誰でもいいからつき合うっていうんができんだけだ』

不機嫌な表情で、秀敬はぶっきらぼうにそう答えた。真面目《まじめ》な秀敬らしい答えだ。

秀敬なら、好きな人ができたらさっさと自分から告白するような気がする。恭と違って思ったことははっきり言うほうだし、それに秀敬に告白されて断る女の子は多分いない。

今のところそういった気配がないのは、竹本の言うように理想が高いからなのかもしれない。

「だけど上松先輩だったら、まさか断ったりせんよなあ」

竹本の言葉に曖昧《あいまい》に頷きながら、恭ははっとした。剣道着に着替えた秀敬が、部室棟から出てくるのが見えたのだ。

顔を上げた秀敬と目が合い、なぜか動揺する。

「竹本、いい加減放せって」

竹本の腕を押しのけ、恭は部室へと駆け込んだ。

部活中、体育館は秀敬と上松の噂《うわさ》で持ち切りだった。

もちろん上松本人がいるので大っぴらではないが、部室や体育倉庫の片隅で、噂はひそひそと囁かれた。

当事者しか知らないはずの出来事がなぜこんなに広まっているのだろうと訝《いぶか》しんだが、聞いた話によると、彼女が自分で告白したことを公言しているらしい。よほど自信があるのだろう。

従兄弟同士で、しかも一緒に住んでいることは皆も知っているので、恭には質問の矢が降り注いだ。

「さあ……僕聞いてないんで」

その都度、恭は困って言葉を濁した。知っていても言いふらすつもりはないが、本当に知らないのだから仕方がない。

(上松先輩に告白されたのって、いつなんだろう……)

今朝、一緒に登校したときにはそんな話は微塵《みじん》も出なかった。

いや、誰かに告白されても、秀敬はいちいち恭に報告したりしない。中学のときも、何日か経ってからクラスメイトの噂で〝秀敬が告白してきた誰それを振ったらしい〟と知るくらいだった。

練習しながら、ちらりとバレー部のほうへ目を向ける。

上松は長い髪を後ろで束ね、潑剌《はつらつ》とした声を出してボールを追っていた。その表情は明るく、勝ち気そうな瞳はいつも以上に輝いて見えた。

『俺、密かに上松先輩に憧れとったんじゃけどなあ。日下部には敵《かな》わんわ。まあ美男美女でお似合いじゃ』

竹本のぼやきを思い出し、上松から目をそらす。

——秀敬は、彼女の告白を受け入れるのだろうか。

胸に微《かす》かな痛みを感じて、恭は狼狽えた。

数日前の夜、秀敬が忍んできたときのことを思い出す。

朝になってみると、何もかも夢だったような気がした。しかし夢ではない証拠に、乱れた浴衣はきちんと直してあった。その上汚した下着も知らない間に新しいものに替えてあり……思い出すと、顔から火が出そうになる。

(あの気持ちはなんだったんだろう……)

秀敬に抱き締められ、秀敬に縋《すが》りつくようにして達した。

秀敬を愛おしく感じ、秀敬もまた、恭を愛おしんでくれているように感じた。

あれは夜が見せた錯覚だったのだろうか。

冷静になって思い返してみると、秀敬に愛されているような気がしたのは勘違いである可能性が高い。自慰の延長のようなものだったし、ああやって抱き締めてくれたのも、単にそれが気持ちよかったからだろう。

部活動終了を告げるチャイムが鳴り、ぼんやりと物思いに耽《ふけ》っていた恭は、はっと我に返った。


――その日の夜。

枕元の電気スタンドをつけて布団で本を読んでいると、誰かが階段を上ってくる足音が聞こえてきた。

時計を見ると、十二時半をまわったところだ。夜が早い日下部家では、階下の伯父夫婦や祖父母はとうに床に就いてる。

だとしたら、来訪者はただひとり――。

「……起きてたんか」

案の定、秀敬だった。

襖を開け放した戸口に立ち、恭を見下ろしている。風呂から上がったばかりなのか、髪が少し濡れていた。

「……何？」

先日の夜のことを思い出し、恭は布団から立ち上がって部屋の明かりをつけた。

暗いところで秀敬とふたりきりになるのは、避けたほうがいいような気がする。

明かりをつけたとき、秀敬は何か言いたそうだったが……黙って部屋に入ってくると、布団のそばにあぐらをかいた。

少し距離を置いて、恭も布団の端に座る。

「……………」

秀敬が俯いたまま口を開こうとしないので、どうにも居心地が悪かった。

沈黙に耐えられなくて、話題を探す。部活のあと、一緒に帰ったときに訊けなかったことを、恭はおずおずと口にした。

「あの……バレー部の上松先輩に告白されたってほんと？」

秀敬が驚いたように顔を上げた。

「誰に聞いた？」

尖《とが》った声で問われ、恭はたじろいだ。責めるような口調に、どうやらまずい話題だったらしいと気づいたがもう遅い。

「いやあの、バスケ部の人たちがそんな話をしてたから……」

しどろもどろに答え、今度は恭が俯いてしまう。

「——断った」

「え？」

顔を上げると、秀敬が立ち上がってずかずかと布団に上がり込んできた。

「え、断っちゃったの……？」

「その話はもうええ」

苛々したように言い捨てて、秀敬が恭の手首を握る。

またあの行為に流されてしまいそうで、恭は秀敬の手を払いのけた。

「ちょ、ちょっと待ってよ」

「……なんで断ったの？　つき合ってみたらいいのに……」

恭の言葉に、秀敬の顔色が変わる。

自分の言葉が秀敬の機嫌を損ねたらしいことを悟り、恭はさあっと青ざめた。

——それは大して意味のある言葉ではなかった。弾みというか、美しい女性に交際を申し込まれて断った男に対する常套句《じょうとうく》というか、とにかく恭にとっては意味のない場繋ぎのようなセリフだったのだ。

しかし、秀敬にとってはそうではなかったらしい。

何がそんなに秀敬を怒らせてしまったのかわからないが、秀敬は恭のこの一言で激高した。

「痛……っ！」

両手首を掴まれ、布団の上に仰向《あおむ》けに押さえつけられる。

寝間着の浴衣を左右に開かれそうになり、恭は驚いて目を見開いた。

「やだ、やめてよ！」

確かにあの行為は気持ちよかった。他の男にされるのは嫌だけれど、秀敬だったから、身を委ねてしまった。

心のどこかで、秀敬は自分にひどいことはしないと信じていた。

今もまた、秀敬は最初はこんなふうに強引でも、恭が嫌がれば優しくしてくれるだろうと安心している部分がある。

それでも恭は、嫌だった。

自分でもよくわからない。けれど、上松の輝くような笑顔が脳裏に浮かぶと、どうしようもなく胸を締めつけられるような気持ちになってしまうのだ。

今は断っていても、秀敬にはそのうち彼女ができる。

あの行為によって秀敬を愛おしいという気持ちが芽生えてしまったことが、いずれ自分を苦しめる――そんな予感がした。

「嫌だってば……っ」

じたばたと暴れ、抵抗する。しかし秀敬の腕力に敵うはずもなく、あっさりと組み伏せられてしまう。

「んん……！」

無理やり唇を塞がれ、恭は恐慌に陥った。

逃れたい一心で、無我夢中で秀敬の唇に歯を立てる。

「……っ！」

秀敬が驚いた表情で唇を離し、恭を見下ろした。

「……ってえなあ……何すんだよ」

言いながら血が滲んだ唇の端を拭い、恭の胸を押さえつける。

そんなに力を入れているわけではないのだろうが、薄い胸が大きな手に圧迫されて息が苦しい。

「嫌だ！」

はっきりと拒絶し、渾身の力で秀敬の胸を押し返す。

「なんだよ。こないだの、気持ちよかっただろ」

恭の抵抗など物ともせず、秀敬が上から覆い被さるように抱き締めようとする。

その体温に流されそうになるのを堪え、恭はもう一度叫んだ。

「嫌だ、やめて！」

悲壮な声に、浴衣を脱がせようとしていた秀敬も手を止めた。

恭の顔の両脇に手をつき、真上からじっと睨めつける。

真っ黒な瞳が、苛立ったようにぎらぎらと光っていた。

「――おまえ、俺に逆らうんか」

秀敬の言葉に、恭は凍りついた。

――いきなり冷水を浴びせられたような気分だった。秀敬が自分をどういう目で見ていたのか、はっきりと思い知らされる。

(おかしいと思った……)

十四のとき、いったいどんな冷たい仕打ちを受けるのだろうと怯えながらこの家にやってきた。

どんなにいじめられても、大人になるまで耐えようと決意していた。

ところが来てみると、伯父夫婦だけでなく母を勘当した祖父母も恭を快く受け入れてくれた。

拍子抜けしつつも、唯一の身寄りだった母を亡くした恭は、いつのまにか温かい家庭にすっかり馴染んでいた。

(やっぱり、そんなうまい話があるわけがないんだ)

初めて秀敬と会ったとき、いじめられるかもしれないという予感があった。

あのときの勘は、間違ってなかったのだ。

「恭」

秀敬の声が、恭の心から意思を奪ってゆく。

——抵抗できない。自分は秀敬に抵抗してはいけないのだ。

体の力が抜けて、恭はぐったりと布団の上に横たわった。

もう一度秀敬が恭の体をきつく抱き締める。

締めつけるような抱擁は、まるで重い枷《かせ》のように恭の体をがんじがらめに縛りつけた。

秀敬の手が、胸から腹へ……そして脚の間へと伸びてくる。

目を閉じて、恭は歯を食いしばった。

胸が苦しくてたまらない。

けれど自分は、何をされても逆らってはいけないのだ——この家にいる限り。

——唇が、塞がれた。

「ひ、秀敬、もうやめて……っ」

泣きながら、恭は懇願した。

前回と同じように……いや、もっと執拗《しつよう》に体中を愛撫され、抱き締められて一緒に達した。

それで終わりだと思ったのに、秀敬は離してくれない。

何度も胸や首筋をきつく吸い、ときに歯を立てる。まるで、わざと跡をつけようとしているかのように。

嫌なのに、怖いのに、恭のペニスは再び熱を持ち始めていた。

太腿にしっかりと押しつけられている秀敬のそれも、一度の射精に萎えることなく力強く漲っている。

「もう一回するの……？」

恥ずかしかったが、恭は小さな声で訊いてみた。

答えの代わりに秀敬は、もう何度目になるかわからないキスを仕掛けてきた。恭を貪り尽くそうとするように、口腔内を隈なく舌でまさぐる。

「や、あ……っ」

ようやく唇を解放されると、今度は布団の上に俯《うつぶ》せに押さえつけられた。脱げかかっていた浴衣を剝《は》ぎ取られ、膝の辺りまで下ろされていた下着も取り払われる。

恭の一糸まとわぬ後ろ姿が、蛍光灯の青白い明かりの下に晒される。

白く華奢《きゃしゃ》な背中から細く締まった腰、そして小ぶりで形のいい双丘を、秀敬の手が無遠慮になぞってゆく。

すべすべして弾力のある触り心地が気に入ったのか、秀敬は両手で恭の尻を揉みしだいた。

その行為に思いがけず官能を刺激され、恭は縋るように枕にしがみついた。変な声が出てしまいそうで、必死で堪えようと枕に顔を埋《うず》める。

やがて秀敬は、恭の腰を摑んで自分のほうに引き寄せた。

「秀敬……？」

秀敬に向かって尻を突き出すようなポーズを取らされた恭は、枕にしがみついたまま首だけ後ろを振り向いて秀敬を見上げた。

秀敬の表情は逆光になっていてよく見えない。

「ひ……！」

いきなり尻の割れ目を左右に開かれ、恭は声を上げた。そんなところまで見られるのは、あまりにも恥ずかしすぎる。

「何してるの、やめてよ！」

指は容赦なく割れ目の奥まで暴いた。

自分でもよく見たことのない小さな窄《すぼ》まりを、明かりの下で秀敬に見られている。

上気していた頰が、これ以上ないくらいに赤くなった。

「秀敬！　やめて！」

叫んでも、秀敬はやめてくれなかった。恭が放ったものを指に絡ませ、窄まりの周囲の皺《しわ》に丹念に塗り込めている。

「――ああっ！」

凌辱《りょうじょく》はいきなりやってきた。

あまりの衝撃に、恭は自分の身に何が起こったのかわからなかった。

太くて硬い灼熱《しゃくねつ》が、狭い場所に無理やり押し入ってこようとしている――。

「痛い！　痛いよ！」

恥も外聞もなく、恭は泣き叫んだ。

なぜこんなひどい仕打ちを受けるのか。いったいこの行為はなんなのか。

どうして秀敬は自分にこんなことを――。

痛みとショックで気が遠くなりそうだった。強引に押し入ろうとする雄蕊《ゆうずい》を跳ね返そうと、初《うぶ》な蕾《つぼみ》が縮こまって抵抗する。

「恭……！」

秀敬が、焦《じ》れたように腰を突き上げる。

「――っ！」

体がばらばらになるような衝撃に耐え切れず、恭は意識を手放した。


――翌朝、恭は熱を出した。

傷は秀敬が手当てしてくれたらしく、思ったほどはひどくなかった。

けれど、体よりも心が傷ついていた。熱が出たのも、今は何も考えたくないという気持ちの表れだったのかもしれない。

伯母や祖母が心配して、熱心に看病してくれた。

いつもよりも少しだけ甘えて、恭は丸二日間、ほとんど眠って過ごした。

秀敬が部屋に来たかどうかはわからない。

一度、夜中に枕元に誰かがいる気配を感じた。

しかし恭は、目を開けて確かめることができなかった。

確かめるのが、怖かった。

6

「日下部！」

三日ぶりに登校すると、校門のそばで竹本に呼び止められた。

「おはよう」

「風邪ひいとったんじゃって？　もう大丈夫なん？」

「うん……」

笑顔を作ろうとするが、うまくいかなかった。

「また一段とやつれてからに。でもまあ、日下部はやつれとっても綺麗じゃわ」

竹本の軽口を、苦笑しながらかわす。

一緒に昇降口へ向かうと、部室棟のほうから濃紺の剣道着姿の一団が歩いてくるのが見えた。

ひときわ長身の秀敬の姿が目に入り、ぎくりとする。

剣道部員としゃべっているので、秀敬はこちらには気づいていない。

——今朝恭が起きたとき、秀敬は剣道部の早朝練習があるとかで既に登校したあとだった。

一緒に登校する気分ではなかったので、内心ほっとし、久しぶりにひとりで登校した。

夏休みに入ってからは石島の姿もなく、ひとりで電車に乗るのも怖くはなかったが、よほどのことがないと秀敬とは別々に登校することがなかったので、なんだか落ち着かない気分だった。

秀敬の姿を見るのは、あのとき以来だ。

「おおっ、上松先輩登場」

昇降口で靴を履き替えながら、竹本がおどけたように言う。

振り返ると、体育館のほうから制服姿の上松が歩いてくるところだった。長い髪をなびかせ、真っ直ぐに秀敬に向かっていく。

彼女が笑顔で話しかけ、秀敬が足を止めた。秀敬の周りにいた剣道部の連中は、当然のようにふたりを置いて立ち去った。

秀敬はこちらに背を向けているので、どんな表情をしているのかわからない。

しかし秀敬を見上げる彼女の弾けるような笑顔が、ふたりの間の親密な空気を物語っていた。

「あのふたり、やっぱつき合うことにしたみてえじゃな」

竹本のセリフが、耳鳴りのように重く頭に響く。

「さっそくいちゃいちゃしよって。ちぇっ」

上松に憧れていたという竹本は、面白くなさそうに呟いてさっさと校舎の中へ入っていった。

残された恭は、ひとりその場に立ち尽くした。

行かなくてはと思うのだが、足が動かない。

——秀敬が、ゆっくりと振り返る。

いつもの、何を考えているのかわからないような涼しい顔。

恭に気づくと、じっとこちらを見据えた。

……自分は今、いったいどんな顔をしているのだろう。目をそらすこともできず、恭はぼんやりと秀敬を見つめた。

どれくらいそうしていたのか。ひどく長く感じられたが、実際には数秒のことだったのかもしれない。

先に目をそらしたのは、秀敬だった。

恭に背中を向け、彼女の肩に手をまわして部室棟へ向かう。

(本当に……上松先輩とつき合うことにしたんだ)

喉の奥が痛い。涙が出てくるときの前兆のようで、なぜ今涙が出そうになるのかわからなかった。

秀敬に無理やり抱かれたあと——間抜けな話だが、恭はあとになってあれはセックスだったのだと思い当たったのだが——それでも心のどこかで秀敬を信じていた。

もしかしたら秀敬も、自分のことを愛おしく思ってくれているのかもしれない、と。

手荒なやり方だったが、自分のことを好きだから抱いたのだ、と。

でも違った。秀敬は最初から彼女とつき合うつもりだったのだ。

(じゃああれはなんだったの……?)

たくさんのキスや愛撫、そして抱擁。

あれは彼女とつき合うための、練習だったのか。

それとも、よけいなことを言った恭への罰だったのか。

心がどうにかなってしまいそうだった。ひどいことをされても壊れなかった部分が、音を立てて壊れてゆく。

秀敬のことを信じたかった。

(……でも、もう無理……)

涙は出てこなかった。

つらいとか悲しいとか感じることもなく、心は空っぽだった。

ただ呆然と、恭は秀敬の背中を見つめた――。

――第二章　十七歳――

1

近くで時鳥《ほととぎす》が鳴いている。

微《かす》かな物音に、微睡《まどろ》み始めていた恭《きょう》は目を覚ました。

開け放った窓から月明かりが差し込み、ぼんやりと部屋の内部を照らしている。

（またか……）

板張りの狭い階段を上がってくる足音。音を立てないよう細心の注意を払っても、古い階段はぎしぎしと小さく音を立てる。

枕元の目覚まし時計の針は、深夜二時にさしかかろうとしていた。なかなか寝つけず、三十分ほどうとうとしていたらしい。

草木も眠る丑三《うしみつ》つ時《どき》。恭のもとを訪れるのはしかし、幽霊ではない。

そろりと襖《ふすま》が開けられ、無言で大きな影が部屋に入ってくる。がっちりとした体つきの、背の高い男のシルエットだ。

後ろ手に襖を閉め、男は恭の枕元へ屈《かが》んだ。

寝返りを打ち、無遠慮な侵入者を見上げる。月明かりは思ったよりも明るく、男の顔をはっきり照らし出した。

「……起きてたんか」

彫りの深い、男っぽい顔が近づく。

――日下部《くさかべ》秀敬《ひでたか》。同い年の、恭の従兄《いとこ》だ。

「足音で目が覚めた」

ぶっきらぼうに言い放ち、恭はもう一度寝返りを打って秀敬に背を向けた。せっかく寝かかっていたところを起こされたのだから、機嫌も悪くなる。

そんな態度にはお構いなしに、大きな手が恭の細い肩《かた》に触れた。

「……なんだよ。新しい彼女、できたんだろ」

その手を振り払うように、恭は布団《ふとん》の上で身じろぎした。

「別れた」

「え？　まだ十日も経ってないんじゃ……」

「…………」

それには答えず、秀敬は恭に覆い被《かぶ》さった。上から抱きついてきて、首筋に舌を這《は》わせる。

「ん……っ」

のしかかる体の重みと熱い舌に、恭は小さく声を漏《も》らした。

有無を言わさぬ強引さに、恭の抵抗は封じられる。しばしの攻防の後、恭は無駄な抵抗をするのはやめた。

(いつものことだ……)

両腕の力を抜き、秀敬の手が浴衣《ゆかた》の胸を開くのを許す。観念して目を閉じるが、裸の胸を触られてぴくんと体がしなった。

「……あっ」

乳首に吸いつかれ、思わず声が出てしまう。

感じたくなどないのに、すっかり感じやすくなった乳首はつんと尖《とが》って愛撫《あいぶ》を待っていた。

恭の声に煽《あお》られたのか、秀敬の息が荒くなる。執拗《しつよう》に心臓の上の突起を舐《な》めまわし、もう一方の手で反対側をつまむ。ぴったりと重なった秀敬の体の、恭の腿《もも》に押しつけられた部分が硬く熱を持ち始めていた。

——二週間ぶりの感触だ。

女と別れるたびにやってきて、一方的に押しつける欲望。

恋愛でもなんでもない、ただの遊び。

「……っ」

浴衣の上から、秀敬が恭の脚の間をまさぐる。

秀敬の熱に煽られ、恭の体はまるで待ちわびていたかのように変化していた。

膨らみをなぞり、大きな手が浴衣の中に侵入する。太腿を撫《な》で上げ、焦《じ》らすように下着の上から触れる。

「ん……」

「もう濡《ぬ》れてんのか」

秀敬が笑いを含んだ声で囁《ささや》いた。かちっと音がして、枕元の電気スタンドが灯《とも》される。

「ば、ばかっ、消せよ！」

「染みができとる」

浴衣の帯を解いて覗《のぞ》き込み、秀敬はわざと下着の状態を口にした。

羞恥《しゅうち》に恭は白い頬《ほお》を上気させた。それを見て、秀敬が満足そうに笑みを浮かべる。

「うっ」

濡れた部分にやんわりと唇《くちびる》を押し当てられ、恭は悲鳴を抑えた。自分でも、じわっと染みが広がるのがわかった。

「こないだは急に漏らして汚してしもうたからな。もう脱いどくか」

堪《こら》え性《しょう》のなさを揶揄《やゆ》され、恭は顔を背けた。

なかなか脱がせてくれず、恭が恥ずかしい思いをするのを愉《たの》しんでいるくせに……。

秀敬に下着をずり下ろされ、濡れそぼったペニスがふるりと飛び出した。

ゆっくりとボクサーブリーフを脱がせ、秀敬が恭の足首を持って大きく割り広げる。

秘部が丸見えになるこのポーズは、何度取らされても慣れることができない。

「あ……っ」

手で隠そうとする前に秀敬に直《じか》に口に含まれ、恭は思わず脚をきゅっと寄せた。そうすると内股《うちまた》で秀敬の顔を挟んでしまうことになり、秀敬を喜ばせるだけだということが、恭にはまだわかっていなかった。

「……あ、あ……っ」

太腿の裏を撫で上げられ、先端を二、三度きつく吸われただけで、恭はあっけなく弾《はじ》けた。

「の、飲むなって……」

秀敬の頭を押しやるが、秀敬は咥《くわ》えたまま離そうとしない。小ぶりなペニスを口の中にすっぽりと収め、丁寧に残滓《ざんし》を舐め取ってゆく。

熱い粘膜に覆われていると再び疼《うず》き始めてしまいそうで、恭は布団の上をじりじりとあとずさって口淫《こういん》から逃れた。

「最近自分でしたんか」

失礼な質問は、顔を背けたまま無視する。

「……したんじゃろ。味でわかる」

いやらしいことを言われ、顔が熱くなった。しかし恭が恥ずかしがると秀敬はますます増長するので、黙ってやり過ごすことにする。

「いつも何想像しながらしおるんな？」

とんでもないことを聞かれ、恭はかあっと頬を赤らめた。

恭に性の手ほどきをしたのは秀敬だ。奥手な恭は、秀敬の手しか知らない。無意識に思い出してしまうのも仕方のないことだ。

恭の怒った顔に満足したのか、秀敬が浴衣を脱いでのしかかった。

「や、あ……っ」

厚い胸が恭の薄い胸を圧迫し、嗅《か》ぎ慣れた男の体臭に官能が呼び覚まされる。

「んんっ！」

秀敬が自らの勃起《ぼっき》を取り出す。硬くて長大なそれを重ねられ、擦《こす》れ合って恭のペニスも再び熱を持ち始めた。

耳元で、秀敬の息が荒くなる。

逞《たくま》しい腕が恭の細い体を抱き締め、脚を絡ませて前後に揺さぶる。

まるで男女の交わりのように……。

「……は、あ、あっ」

もう何度も繰り返された遊戯だ。

セックスではない。ただ互いの性器を擦り合わせるだけの、相互自慰としか言いようのない行為。

「……恭、気持ちいいか？」

秀敬の声が、普段よりも掠《かす》れている。

認めたくないが、たまらなく気持ちよかった。ひとりでするのが物足りなくなるほどに……。

「あ……あ、ああんっ」

甘い声を上げて、恭は二度目の絶頂に達した。

続いて秀敬も達し、互いに放った熱い体液が、ふたりの間で交わる。

体を重ねたまま、恭はぐったりと余韻に浸った。互いの呼吸音と時鳥の低い鳴き声だけが音のすべてだった。

……どれくらいそうしていたのか。スタンドの電球に羽虫がぶつかる音で、恭はのろのろと目を開けた。

体を起こそうとして、ふいに唇を塞《ふさ》がれる。

「ん……っ」

舌が入ってくる前に、恭は秀敬の胸を押して逃れた。

「……よせよ。そういうことは彼女とやれ」

ぷいとそっぽを向き、スタンドの明かりを消す。

こういう行為のたびに秀敬が仕掛けてくるキスがいちばん嫌だ。

キスは、愛し合う者同士がするもの。恥ずかしくて口には出せないが、恭はそう思っている。

(俺のことなんか、性欲処理の道具くらいにしか思ってないくせに)

相互自慰なんかに持ち込まないで欲しい。

「もういいだろ。戻れよ」

ごろりと布団の上に転がり、秀敬に背を向ける。

「………………」

しばしの沈黙の後、やがてごそごそと身繕いをする音がし、来たときと同じようにひっそりと秀敬は出ていった。


「おはようございます」

朝食の並ぶ居間の入り口で、恭は挨拶《あいさつ》をした。

「おはよう」

上座の祖父が新聞から顔を上げる。その隣には、伯父《おじ》の姿もあった。

ここ日下部家では、用事がない限り全員揃《そろ》って食事をすることになっている。

台所からお櫃《ひつ》や茶碗《ちゃわん》を持ってきた祖母と伯母《おば》にも朝の挨拶をし、座布団の上にきっちり正座する。この家に来た当初はつらかった正座も、すっかり慣れて苦にならなくなった。

「……おはようございます」

やや遅れて、秀敬が障子の陰からのっそりと姿を現した。

とっさに恭は目を伏せた。真向かいの席に座る秀敬を直視できない。

(いい加減慣れろ……いつものことだ)

そう言い聞かせても、頬の辺りが熱くなる。あんなことがあった翌朝、何事もなかったかのように振る舞えるほど恭はすれていない。

ちらっと窺《うかが》い見ると、秀敬はいかにも真面目《まじめ》な優等生然としていた。取り澄ました様子からは、あんないやらしいことをするやつにはとても見えない。

(……とんだ狸《たぬき》だな)

ゆうべは目が覚めていたからまだいいが、眠っているときに布団の中に忍び込んでくることもある。体をまさぐられる感触にびっくりして目を覚ますと、いつのまにか寝間着を剝《は》ぎ取られていることもしばしばだ。

まったく、眠っている間に何をされているのかわかったものではない。

勝手に触るなと何度も強く言っているのだが……。

「どうしたん恭ちゃん。具合でも悪いん？」

秀敬の母親である伯母に心配そうに言われ、恭は慌てて首を振った。

「ふむ、ちょっと顔が赤いな。熱でもあるんじゃねんか？」

祖父までもが、気遣わしげに身を乗り出す。

「いえっ、大丈夫です」

ますます頬が紅潮してしまい、恭は困って俯《うつむ》いた。

秀敬が、口の端で笑っているのが見えた。


六月の半ば、梅雨《つゆ》の合間の晴天。

駅のホームから見える山々は、瑞々《みずみず》しい新緑《しんりょく》から次第に色を濃くして美しい。線路の砂利の上では雲雀《ひばり》がけたたましくさえずっている。

秀敬から少し離れて、恭はホームに佇《たたず》んだ。

恭がここ北郷《ほくごう》市へやってきて、そろそろ三年になる。

十四歳だった恭は十七歳に、秀敬は先月十八歳になった。

――今でもよく覚えている。初めて日下部家の門をくぐった蒸し暑い日のことを。

祖母は、亡くなった娘にそっくりだと涙を零《こぼ》した。祖父も穏やかな目で恭を迎え、よく来たと言って頭を撫でてくれた。

その歓迎ぶりに、恭はすっかり拍子抜けした。てっきり母のことを罵倒《ばとう》されるものと思っていたのだ。

おどおどと周囲の顔色を窺う自分のことを、伯父に似た精悍《せいかん》な顔立ちの秀敬がじっと見つめていた。

岡山駅で初めて会った従兄は、鮮烈な印象の少年だった。

勉強もスポーツもよくできる、非の打ちどころのない優等生。毅然《きぜん》とした男らしい態度は、恭がそうありたいと願っていた理想そのものだった。

(あの頃は、俺は秀敬に憧れていた……)

今より内向的で引っ込み思案だった恭は、遠慮しつつも秀敬を兄のように慕った。無愛想ながら、秀敬も恭のことを弟のように面倒を見てくれていたと思う。

——一陣の風が、さあっと頬を撫でる。

独特の音を立てて、列車がホームに滑り込む。

ローカル線とはいえ、朝夕は通勤通学の客でそれなりに混雑する。東京に比べればかなりましなのでその点はいいのだが、本数が少ないので秀敬と一緒に登校せざるをえない。ひとつ前のは早すぎるし、ひとつ後では間に合わないのだ。

電車に乗り、定位置の川の見える側の扉に寄りかかる。

石灰分を多く含むという北郷川の水は透明度が高く、母と住んでいた目黒《めぐろ》のマンションから見えていた川の水とは全然違う。季節によって表情を変える美しい川は、毎日眺めても見飽きることがなかった。

秀敬も、いつもと同じように恭の隣に立つ。

その横顔をちらりと見上げ、恭は視線を窓の外へ戻した。

秀敬はこの三年ですっかり大人の男への変貌《へんぼう》を遂《と》げた。身長は百八十五センチに達し、剣道で鍛えた体はがっちりと逞しく、高校生には見えないほどだ。

車内でもひときわ目立つその姿に、女子高生ばかりかOLらしき女性までもがちらちらと視線を送っている。

（……確かにかっこいいのは認めるけど、みんなこいつの本性知ったら驚くって……）

ごおっと音を立てて、電車がトンネルに入る。

窓ガラスにくっきりと映った自分の姿に、恭はこっそりため息をついた。

日に焼けない質《たち》の白い肌《はだ》、ほっそりと華奢《きゃしゃ》な体——かつて北郷小町と呼ばれ、銀座《ぎんざ》のクラブでナンバーワンの座を維持していた母とそっくりの顔。

母と違うのは、自信のなさそうな頼りなげな眼差《まなざ》しだ。

（俺の首ってこんなに細かったっけ……？）

隣に立つ男のせいで、いっそう儚《はかな》げに見える。身長もいまだに初めて会ったときの秀敬より低く、百七十センチあるかないかというところだ。

その中性的美貌ゆえ、こちらの中学に転校して間もなく男子生徒に妙なちょっかいを出されて困ったこともあった。高校に入ってからも、当時同じ電車で通学していた他校の生徒に襲われそうになったこともある。

そのたびに、いつも秀敬が助けてくれた。

(いいやつだと思ってたんだよな……あのときまでは)

引き取られて一年経った高一の夏、秀敬に射精を導かれ、あの悪戯《いたずら》のような遊びが始まった。

初《うぶ》で奥手な恭は、当初そこに何か愛情のようなものがあるのではないかと思っていた。秀敬に憧れ、頼れる存在と慕っていたから、そう信じたかったのかもしれない。

けれどそれは勘違いだった。

電車がトンネルを抜け、川面《かわも》に反射する眩《まぶ》しい光に目を細める。夏の到来を思わせるその光景に、封印したはずの記憶が目の前にちらつく。

——一度だけ、無理やり秀敬に犯された。

きっかけは些細《ささい》なことだったと思う。なぜか秀敬が怒り出し、嫌だと言っても聞いてもらえなかった。

『――おまえ、俺に逆らうんか』

抵抗する恭に投げつけられた、冷たい言葉。

日下部家に厄介になっているくせに――。

秀敬の眼差しは、言外にそう告げていた。

ショックのあとに、来るべきものが来たという諦めに似た気持ちが芽生えた。

いじめられることを覚悟していた日下部家で思いのほかよくしてもらい、自分は油断していた。秀敬に代償を要求されたとき、恭はこれで帳尻《ちょうじり》が合ったのだと理解した。

その直後、秀敬は同じ高校の女子生徒とつき合い始めた。

自分は女とつき合うための練習台だったのだと知って、恭はひどく傷ついた。秀敬にとって、自分は思い通りになる手軽な玩具《おもちゃ》だったのだ。

そのことがあってから、しばらく秀敬と口を利かない冷戦状態になった。もともとふたりとも口数の多いほうではないし、冷戦中も一緒に登下校していたので、家族は誰も気づいていなかったと思う。

あの頃は、秀敬と一緒にいることが苦痛だった。

彼女と一緒にいるところを見るのも、複雑だった。

いつかそれに慣れる日が来るまで、恭は何も考えないようにしようと努めていた。

――しかし秀敬とその彼女とのつき合いは、長くは続かなかった。

彼女と別れた日の夜、部屋に秀敬がやってきた。

寝ていたところを起こされて、またあの質の悪い遊びを強要された。さすがにセックスは、恭がひどく抵抗したのでされることはなかったが……。

冷戦状態はますますこじれ、秀敬はたがが外れたようにつき合う相手をころころと変えた。

そうして誰かと別れるたびに、恭のところへやってくる。

次の彼女ができるまでの繫《つな》ぎなのだろう。最初の頃よりは落ち着いてきているようなので、このまま誰かとうまくいって自分のところに来なくなればいいのに、と思う。

こんな遊びは不毛だ。

しかし願い空《むな》しく、秀敬の交際は三ヶ月持てば上等、ひどいときは一週間で破局している。どうもあまり真剣につき合っているわけではないらしい。来る者拒まず去る者追わずといったところか。

（ま、中学んときからこいつに惚《ほ》れてる女なんか掃いて捨てるほどいたからな。いくらでも代わりがいるし……）

従兄の恋愛に口を挟むつもりはないが、とばっちりを受ける身としてはいい迷惑だ。

（でもそれも、あと少しの辛抱だ）

電車がカーブにさしかかり、がくんと車体が揺れる。よろけた恭を、さっと伸ばされた手が支えた。

ゆうべ恭の体を撫でまわした、大きな手。

体勢を立て直し、恭はやんわりとその手を振り払った。


「日下部！」

教室に入ると、クラスメイトのひとりに声をかけられた。

ありがたいことに、秀敬とはクラスが違う。同じクラスだと「小さいほうの日下部」だの「可愛《かわい》いほうの日下部」だの言われてしまう。

それでなくても、中学のときから周囲に何かと比べられてきた。恭とて決して出来が悪いわけではないが、秀敬と比べられるのはあまりに分が悪い。

「おはよう……」

「なあ、おまえの従兄が真清《しんせい》女子高の水田《みずた》さんと別れたって本当？」

「……は？」

眉《まゆ》をひそめ、恭は顔を上げた。

秀敬の女関係には興味がないし、いちいち聞いたこともない。わかっているのは、誰かと破局すると恭の部屋にやってくるということだけだ。

「知らんの？　真清の水田さんって可愛くて有名なんよ。ちょっと前におまえの従兄に告ってつき合い始めたって聞いとったけど……」

「ふーん。じゃ、そうなんじゃない？」

「それがふられたらしいんよ。信じられんよな、あんな可愛い子ふるなんて」

クラスメイトは大袈裟《おおげさ》に目を見開いた。恭たちの通う県下随一の進学校の中で、少々浮いている遊び人風の男だ。

「俺も水田さん狙っとったんよなあ。口説《くど》くんなら今がチャンスかな、なんてな。なあ、いつ別れたん？」

「知らない」

恭の素っ気ない返事に、クラスメイトはむっとしたようだった。しかしちょうど担任が教室に入ってきたので、渋々会話を途切らせる。

窓際の自分の席につき、頬杖をついて恭は外に目をやった。

体操服姿の生徒が校庭に集まり始めている。その中に、頭ひとつ高い秀敬の姿があった。

（あいつのクラス、一時間目から体育か……）

無意識に恭は、秀敬を目で追った。

遠目にも真面目そうな好青年に見える。とても次々女を乗り換えるようなやつには見えない。

ましてや、従弟《いとこ》の体を弄《もてあそ》ぶようなやつには……。

先ほど聞いた秀敬の彼女の話を思い出し、恭はいらいらと爪《つめ》を噛《か》んだ。

取っ替え引っ替えつき合っていることは知っているが、相手についてはほとんど知らないし会ったこともない。知りたくもないが、具体的に名前や学校名を出されると、ついいろいろと想像してしまう。

（可愛い子なんだろうな……有名だって言ってたし）

自分には関係ないと言い聞かせても、胸がむかむかした。

窓越しに後ろ姿を睨《にら》みつけていると、ふいに秀敬が振り返った。秀敬と目が合いそうになり、慌ててそっぽを向く。

秀敬はなかなか狡賢《ずるがしこ》い。ここ山星学園《さんせいがくえん》は共学にもかかわらず、つき合う相手は他校の生徒ばかりだ。

最初はこの高校の上級生とつき合っていたのだが、別れ際に少々揉《も》めた。剣道部員たちの目の前で冷酷だの不実だの罵《ののし》られ、懲《こ》りたらしい。一応学校では優等生で通っているので、トラブルは起こしたくないのだろう。

（地元と学校では日下部家の体面を保ってるってわけだ。嫌なやつ……）

「第二回の進路調査があります。今週中に提出してください」

担任がプリントを配り始め、恭は前に向き直った。

（進路調査か……）

三年生に進級してすぐ、四月にも書いたばかりだ。

山星学園ではほぼ全員が進学する。四月の第一回の調査で、恭は「未定」とだけ書いて提出した。

伯父は、遠慮しないで東京でもどこでも行きたい大学に行きなさいと言ってくれている。秀敬は兄の一敬《かずたか》と同じ、東京の名門大学を受けるらしい。

(そろそろ話さないといけないだろうな)

高校を卒業したら、恭は日下部家を出ていこうと思っている。

就職し、自立する。

正直なところ、大学に行きたい気持ちもある。けれどもうこれ以上日下部家の世話にはなりたくなかった。

今の生活に不満があるわけではない。日下部家には本当によくしてもらっている。

厳しいと思うこともあるけれど、秀敬のほうがよっぽど厳しく育てられている。引き取られた頃あまり体が丈夫でなかった恭は、伯父夫婦にも祖父母にも結構甘やかされていた。

でもそれも、いずれは分家するとはいえ日下部家の次男と、名ばかりの従弟との違いだろう。

十五のときの一件以来、恭は自分があの家の部外者だという疎外感が拭えなくなってしまった。

（そういえば一敬さんが近々帰省するって伯母さんが言ってたっけ）

就職のことは、まずは一敬に相談しようと思っている。

大学を出てそのまま東京で働いている一敬は、盆と正月くらいしか帰ってこない。それでも恭は、初めて会ったときから一敬には懐いていた。

伯父にそっくりの秀敬とは対照的に、一敬は母親似の優しい風貌をしている。実際気質も穏やかで優しい。恭が日下部家に引き取られたとき、夏休みで帰省する一敬が付き添ってくれて、こちらに来てからも何かと世話を焼いてくれた。その後も帰省のたびに勉強を見てくれたり、相談に乗ってくれたりしている。

秀敬のことだけは、話していないが……。

一時間目の授業が始まり、プリントをたたんで机にしまう。

校庭の従兄の姿をつい目で追ってしまい、恭は教師に注意されてしまった。

部活動の終了時刻を知らせるチャイムが体育館に鳴り響く。

ピーッという笛の音に、生徒たちがボールを操る手を止めて片づけを始めた。

「お疲れ」

「あ……お疲れさまです」

背後からぽんと肩を叩《たた》かれ、恭は振り返ってぺこりと会釈した。

声をかけてきたのは、この春卒業したバスケ部ＯＢの大月《おおつき》だ。

「今年の一年生、みんなうまいな。もしかしたら県大会に進めるんじゃない？」

眼鏡《めがね》を押し上げながら、大月が体育館を見渡す。

「ですよね。こないだの交流試合でも久々に勝てましたし、結構いいところまでいけるんじゃないかと思います」

ボールを拾い集めながら相槌《あいづち》を打つ。

大月の言うとおり、今年の新入生は優秀な選手が揃っている。地区大会で十年連続一回戦敗退という不名誉な記録を更新している男子バスケ部だが、今年はもしかしたら三回戦辺りまで進めるかもしれない。

「日下部も、一年のときに比べたらずいぶん上達したよ」

「そうですか？　去年からシュート率全然上がらなくて、この辺が自分の限界なのかなってちょっとへこんでるんですけど」

「いやいや、若いからまだ伸びるって」

「バスケの能力もですけど、身長も伸びて欲しいですよ」

軽口で応じて、恭は集めたボールをかごに入れた。

一学年上の大月は、バスケ部でいちばん仲のよかった先輩だ。中学のときに親の転勤で東京から岡山に引っ越してきたそうで、恭が東京出身と知って親近感を覚えたらしい。映画や音楽など共通の趣味も多く、彼の在学中には何度か一緒に出かけたりもした。

「あら、大月くん。後輩の指導？」

通りかかった卓球部の顧問の女性教師が、大月に気づいて声をかける。

「いえ、後輩たちに遊んでもらってるんです。運動不足なもので」

「大学にもバスケのサークルとかあるんじゃないの？」

「ええ、でも飲み会ばっかりで嫌になっちゃって」

愛想《あいそ》笑いを浮かべて、大月は元担任の追及をかわした。

大月は今春岡山市内の大学に入学したのだが、第一志望ではなかったこともあって、あまり馴染《なじ》めずにいるらしい。先日ふたりきりになったとき、来年東京の大学を受け直すかもしれないというような話もしていた。

（それにしても、ここんとこちょっと頻繁に来すぎかな……）

大月に背を向け、恭は小さくため息をついた。

バスケ部の顧問教師は多忙で滅多に顔を出さないので、大月はすっかり顧問代行のようなポジションに収まっている。しょっちゅうやってきては練習に口を出すので、現部長の二年生はあまりいい顔をしていない。

三年生としてもＯＢがいるとやりづらいし、かといって先輩に来るなとも言えず、このところ部内は大月のせいで少々微妙な空気になっている。

（現役時代は、もうちょっと空気読める人だったんだけど）

楽しかった高校時代を懐かしむ気持ちは、わからなくもない。けれど今の大月は、自分の居場所を作ろうとあがいているように見える。

「日下部、今度の日曜日なんか予定ある？」

背後から大月に問いかけられて、恭はびくりと肩を震わせた。

「え……？」

振り返ると、大月が眩しげに目を細めて前髪をかき上げる。

「あのさ……映画の試写会の招待券もらったんだけど、一緒に行かないかと思って」

その口調と態度に、ふいに頭の中で警戒音が鳴り始める。

石島《いしじま》の一件以来、恭は同性が見せる好意に警戒心を抱くようになった。最初は自意識過剰かとも思ったが、塾で知り合った他校生に言い寄られたり、ファーストフード店でサラリーマンにナンパされたりといったことが重なり、用心するに越したことはないと思っている。

高校時代の大月には、そういう気配は皆無だった。純粋に、気の合う後輩として見てくれていたのだと思う。しかし高校を卒業し、ずっとつき合っていた彼女と別れた頃から何やら少々怪しげな雲行きになってきた。

「残念ながら、日曜日は塾の模試があるんです」

笑みを浮かべて、さりげなく断る。

「映画は六時からだから、終わってからでも間に合うと思うよ」

「いえあの、帰りが遅くなるとまずいので……すみません」

「そっか。じゃあ今度昼間どこか遊びに行こう」

その言葉には返事をせず、曖昧《あいまい》な笑みを浮かべて恭はさりげなく大月のそばから離れた。

今後は少し距離を置いたほうがいいかもしれない。幸い部活は来月で引退だし、受験に専念したいと言って、個人的に会うのは避けたほうがよさそうだ。

「お先に」

後輩に声をかけ、恭は体育館横の開け放たれた扉から外の水道へ向かった。

冷たい水で顔を洗い、少し気持ちがすっきりする。タオルで顔を拭いていると、体育館に隣接して建てられた武道場の扉が開いて剣道部や柔道部の連中がぞろぞろと出てきた。

その中に濃紺の剣道着に身を包んだ秀敬の姿を見つけ、自然と眉間《みけん》に皺《しわ》が寄る。

運動部は弱小揃いの山星だが、学校創設者が武道に熱心だったとかで、伝統ある剣道部だけは毎年優秀な成績を収めている。特に秀敬は、去年個人の部で山星始まって以来初の全国大会出場を果たした。

秀敬がこちらに近づいてくると、バスケ部やバレー部の女子がいっせいに色めき立つのがわかる。

（そりゃそうだ。背が高くてかっこよくて剣道も強くて、その上成績優秀だもんな）

別に秀敬がもてるのをやっかんでいるわけではない。秀敬に憧れる女子が秀敬の上辺しか見ていないことに、なんとなくもやもやした気分になってしまうだけだ。

「恭、タオル貸せ」

背後から振ってきた低い声に、眉間の皺が深くなる。

「いいけど……もう使ったから結構濡れてるよ」

「構わん」

そう言って、秀敬は恭の手からタオルを奪い取り、首筋を拭った。

汗で濡れた額や剣道着の襟元《えりもと》に、胸がどきりとする。

それは多分、性的な行為を想起させるからだ——。

「おまえんとこのＯＢ、また来とるんか」

体育館から出てきた大月を見やり、秀敬が苦々しげに吐き捨てる。

秀敬も、大月がしょっちゅう母校の部活に顔を出していることを快く思っていないらしい。

「え？　ああ……」

大月に気づかれないよう、恭はさりげなく秀敬の陰に隠れた。こういうとき、長身でがっちりした体は壁になるので便利だ。

「ああやってのさばらしとくと、部長がやりづれえだろ」

「そうだけど……先輩に来ないで欲しいとは言えないし」

俯いて小声で告げると、秀敬の声が一段と険しくなった。

「部員に言えとは言っとらん。顧問がひとこと注意すりゃ済む話じゃろ」

「顧問の先生、学年主任も兼ねてて忙しいから……」

「そんな悠長なこと言うとったら、夏休みも毎日来るぞ。三年生は引退だから、おまえはどうでもいいんかもしれんけど」

「…………」

ばしゃばしゃと豪快に顔を洗う秀敬の隣で、恭は表情を曇らせた。

一年生と二年生だけになったら、ますます言いづらくなってしまう。秀敬の言うとおり、そろそろ顧問に相談したほうがいいかもしれない。

物思いに耽《ふけ》る恭を、秀敬が顔を濡らしたままじっと見下ろした。

「ま、あいつの目当てはおまえじゃけ、おまえが引退したら来んようになるわ」

秀敬の言葉にぎくりとして、恭は顔を上げた。鋭い双眸《そうぼう》に、なぜか自分が責められているような気分になってしまう。

「目当てって……変な言い方しないでよ」

「ほんまのことじゃ」

言いながら、秀敬は恭のタオルを首に巻いて踵《きびす》を返した。

その後ろ姿を見送りながら、恭はどうして秀敬が知っているのだろうと訝《いぶか》った。大月の言動について話した覚えはない。それとも端から見ていてもわかるくらい、このところの大月の言動はあからさまなのだろうか。

頭を悩ませていた問題を秀敬に見抜かれ、なんとなく気分が悪かった。

気を取り直してもう一度顔を洗い、秀敬にタオルを持っていかれたことに気づいて眉根を寄せる。

「あの、日下部先輩」

ユニフォームの裾《すそ》を引っ張り上げて顔を拭いていると、女子バスケ部の一年生が小走りに駆け寄ってきた。

「これ、使ってください」

名前も知らない女子にキャラクターの入ったピンクのタオルを差し出され、面食らって半歩あとずさる。

「いや、いいよ。もう拭いたから」

「…………」

彼女の顔が、見る見るうちに曇ってゆく。今にも泣き出さんばかりの表情に、慌てて恭は言葉を補った。

「ありがとう。でも汚したら悪いから」

ぎこちない笑みを浮かべながらそう言うと、彼女がほっとしたように口元を綻ばせた。

それで話は終わりかと思ったが、彼女は立ち去ろうとしなかった。何やら物言いたげな目つきで、もじもじしながらこちらを窺っている。

「あの、ちょっとお話があるんですけど、いいですか？」

上目遣いで見上げられ、恭は内心ため息をついた。

彼女の様子から察するに、多分恋愛がらみの話だろう。黙って頷《うなず》き、ひとけのない部室棟の裏へ向かう。

「それで、話って？」

早く話を終わらせたくて、ついぶっきらぼうな口調になってしまった。

「ええと……日下部先輩って今誰かつき合ってる人いるんですか？」

「秀敬のこと？」

こういう場合、自分への告白よりも秀敬との仲を取り持って欲しいという申し出のほうがはるかに多い。目の前の彼女もそうなのだろうと思って、恭は少々うんざりしながら尋ねた。

「い、いえっ、違いますっ」

頬を赤く染め、彼女が慌てて手を振る。

「………俺？」

念のためもう一度聞くと、彼女は深々と頷いた。

「いないけど……」

「そうなんですか？　あの、それじゃあ私と、つき合ってもらえませんか？」

「悪いけど」

彼女の言葉が終わるか終わらないかのうちに、恭は短く遮った。

冷たい態度だと思われそうだが、今までの経験から相手に期待を持たせないほうがいいことを学んでいる。

秀敬ほどではないが、恭ももてないわけではない。色白の華奢な体つきや中性的な美貌《びぼう》は、一部の男女に人気がある。

しかし恭は断り続けている。

好きな人などいないし、ここにいる限り誰ともつき合う気はない。

（だって俺は、従兄にあんなことをされている男なんだ……）

日頃はあんなこと大したことないと開き直ることにしているが、そう簡単に割り切れるものではない。

秀敬の自分に対する態度のせいで、自分を卑下する気持ちが拭えなかった。

まだ何か言おうとする彼女に背を向け、恭は逃げるようにその場を立ち去った。

「おい、開けるぞ」

聞き慣れた足音の訪問者に、恭は読んでいた本から顔を上げて眉をひそめた。

秀敬がこの部屋を訪れるのはいつも深夜になってからだ。夕食が終わったばかりの八時前に来るとは珍しい。

「何?」

窓際に置かれた机に向かったまま、恭は首だけ振り向いた。ずかずかと遠慮なく部屋に入ってきた秀敬が、机のそばへ寄ってくる。

間近で見下ろされ、その強い視線から逃れたくて恭は目をそらした。

「今日、進路調査票もらったろ」

秀敬の言葉に、内心ぎくりとする。

「決まったのか、志望校」

第一回の調査のときも、秀敬は恭の志望校を聞いてきた。決まってないと言うと、早く決めろと説教された。

「…………まだ」

本当のことは言えず、言葉を濁す。

恭の返事に、秀敬が顔をしかめた。

「具体的に決まっとらんでもだいたいは考えとんじゃろ? ここに残んのか、それとも東京に戻んのか」

「…………」

恭の無言を、秀敬は勝手に解釈した。

「遠慮なんかすんな。親父《おやじ》は本当に行きたいとこに行けばええって思っとる」

「うん……わかってる」

はっきりしない返事に、秀敬が焦《じ》れたように机に手をついた。

「おまえ、東京に戻りてえんだろ？　だったら俺も上京するから、一緒にアパート借りればいいじゃねえか」

びっくりして、恭は秀敬を見上げた。

卒業後も秀敬の玩具にされるなんて、冗談じゃない。

ぶんぶんと首を振る恭の頬を、秀敬の大きな手が摑《つか》んだ。

「じゃあこの家に残んのか」

それは考えていなかった。出ては行くが、別に東京に戻りたいわけではない。岡山か近県で就職して、アパートを借りようかと考えている。

摑まれた頬が痛くて、恭はその手を振り払った。

秀敬が、そばの古い椅子《いす》を引き寄せて座る。一敬が勉強を見てくれるときに使っていた椅子だ。

「嫌なんか、俺と一緒に住むんは」

「…………」

嫌に決まってる。人のことさんざん勝手に弄《いじ》りまわして、嫌がられていないとでも思っているのだろうか。

俯いて、恭は唇を噛んだ。

ふいに秀敬に肩を掴まれ、体がびくりと震える。

「んん……っ」

抗《あらが》う間もなく唇を塞がれ、昼間クラスメイトから聞いた秀敬の彼女のことが脳裏《のうり》を掠めた。

(嫌だ……!)

訳のわからない苛立《いらだ》ちが込み上げてくる。

秀敬にとっては、キスなんて誰とでもできるものなのだろうか。彼女たち以下の、自分とさえも。

胸を押して逃れようとすると、両手首をがっちり握られる。

「ん、や、やっ」

顔を背けても、秀敬の唇は執拗に追ってきた。暴れた拍子に、椅子からずり落ちそうになってしまう。

「やだっ、秀敬!」

転げ落ちる前に、秀敬の逞しい腕に抱きとめられる。しかしそのまま畳《たたみ》の上に組み敷かれ、恭は身を捩《よじ》った。

「静かにせえ。下に聞こえるで」

耳元で脅され、息を呑《の》む。

……こんなことも初めてではない。ふたりきりになると、昼間でも時々こういうことをされる。

（いつものことだ……）

目を閉じて、恭は観念した。

Tシャツを捲《まく》り上げられ、胸に舌を這わされる。

しばらくじっと耐えていたが、乳首の横にちくりとした痛みが走り、驚いて目を開ける。

「おいっ、跡つけるなって……っ」

跡が残ると、部活や体育の着替えのときに面倒だ。それでもしつこく跡をつけたがる秀敬は、わざと嫌がらせをしているとしか思えない。

大きな手がハーフパンツの中に潜り込み、下着の上から性器を揉みしだく。

頬を染めて耐える恭の耳元に、秀敬が低く囁いた。

「なあ、今日部活のあとで下級生の女子に呼びとめられとったじゃろう。なんだって？」

「おまえには、関係ない……っ」

「告白されたんか」

恭の薄い腹筋が、びくりと素直に反応する。

「な……聞いてたのかよ？」

「立ち聞きなんかしてねえよ。あの子の態度見りゃ誰だってわかる」

にやりと笑って、秀敬は恭を揉みしだく手にぎゅっと力を込めた。

声が出そうになり、唇を噛んで堪える。

「断ったんか」

そんなこと、いちいち秀敬に報告する義務はない。恭は黙って顔を背けた。

恭の強情に苛立ったように、秀敬が乱暴に下着ごとハーフパンツを引きずり下ろす。

「……あっ」

こん状況なのに、恭のペニスは早くも勃《た》ち上がりかけていた。直に触られ、思わず声が漏れてしまう。

「どうなんな。断ったんか」

痛いほど強く握られ、恭はがくがくと首を縦に振った。

秀敬は結構意地が悪い。こういう場合は素直に言うことを聞いておいたほうがいい。そうしないと、意地悪がエスカレートするばかりだ。

満足げに笑みを浮かべ、秀敬は戒めていた指を緩めた。目と手で愉しむように、恭のペニスをゆっくりと扱《しご》き始める。

「そうよなあ。俺にこんなことされとんのに、女となんかつき合えんよなあ」

もう何度も囁かれたセリフだ。

玩具には、誰かとつき合う資格などない。

秀敬の玩具にされることは、日下部家に世話になっている負い目を軽減してくれると同時に恭をひどく惨めな気持ちにさせる。

(この家にいる限り、俺は秀敬の玩具でいることしかできない……)

苦い想いとは裏腹に、体は秀敬の手によって甘くとろけ始める。早くも滲み出した先走りが、秀敬の手を濡らしているのがわかった。

「昨日したばっかなのに……すげえな」

(昨日したばっかなのに、また仕掛けてくる自分はどうなんだよ!)

言い返したかったが、それどころではなかった。恭の弱いところを知り尽くした男の技に、歯を食いしばって耐える。

「や……っ」

ぐいと腕を引っ張られ、秀敬の膝《ひざ》に跨《また》がるような格好をさせられる。

再びTシャツをたくし上げ、秀敬が淡く色づいた恭の乳首にむしゃぶりつく。

「ああ……っ」

つんと尖った部分を舌先で押し潰され、恭は身悶《みもだ》えた。呼応するように、ペニスの先端から透明な蜜が溢《あふ》れ出る。

恭は乳首への刺激に弱く、弄られただけで射精することもしばしばだ。秀敬もそれをよく知っているから、わざと執拗に責める。

「ああ……っ」

痛いくらいに乳首を吸われ、秀敬の手の中で漏らしそうになったところでぎゅっと根元を締めつけられた。

「や、痛いっ」

射精を堰《せ》き止められ、涙目になる。

片手で恭のペニスを握ったまま、秀敬は器用に自分のジーンズのファスナーを下ろし、下着を大きく突き上げているものを取り出した。

「や、あ、あっ」

逞しく屹立する雄々しいペニスと小ぶりで初々しいペニスが、重なって擦れ合う。

恭の根元を戒めたまま、秀敬の大きな手がふたつの勃起をまとめて扱いた。

「い、痛いよ、放して……っ」

言ったところで聞いてはもらえない。

秀敬の亀頭から透明な液が零れ出し、男っぽい顔が快感を堪えるように歪《ゆが》む。

「あっ、あ……あぁーっ」

唐突に戒めを解かれ、堰き止められていたものが飛び散った。

我慢していたせいか、一瞬目の前が真っ白になるほどの激しい快感が訪れる。

「……ん……っ」

体がびくびくと痙攣《けいれん》し、残滓が零れ落ちる。荒い息を吐いて、恭は快感の余韻を貪った。

秀敬も一緒に放ったようだった。互いの衣服を盛大に汚してしまったことが気になるが、体に力が入らない。

引き寄せられるままに、恭はぐったりと秀敬の肩にもたれかかった。

こんなときは、背中に置かれた秀敬の手の温かさが心地いい。

「恭……」

名前を呼ばれ、のろのろと顔を上げると唇を塞がれた。

先程は抵抗したキスも、大義名分など関係なく純粋に気持ちいい。

抵抗を忘れ、恭はキスに身を委ねた。くちゅくちゅと音を立てて、秀敬の舌が口腔《こうこう》内を隈なく舐めまわしてゆく。

（あぁ……これがいちばん気持ちいいかも……）

一度達して余裕ができたせいか、秀敬は今度は丹念に舌を絡めてきた。

性急な欲望とは違う、じんわりと体の芯《しん》が熱くなるような官能に、体が甘くとろけてゆく。

滅多に許さないが、キスは特別だと思う。

愛されているような錯覚に浸ることができるから……。

「……っ」

大きな手が尻を撫でまわし始めたので、慌てて恭は秀敬の胸を押した。

唇が、名残惜《なごりお》しげに糸を引いて離れてゆく。

「………」

間近で視線が絡み合い、恭は目をそらした。キスのあとは、いつも気まずさに身の置きどころがなくなってしまう。

「……脱げよ。洗っといてやる」

秀敬の言葉に、わずかに残っていた甘い余韻も吹き飛んだ。

「いい、自分で洗う」

「遠慮すんな。なんなら今から一緒に風呂入るか？」

秀敬の言葉に、恭は耳まで赤くなった。

半年ほど前、家族が留守のときにひとりで風呂に入っていると、先に上がったはずの秀敬が入ってきたことがあった。

あれ以来、恭は風呂に入るときには必ず厳重に鍵《かぎ》をかけることにしている。

「終わったら出てけよ！」

再び抱きつこうとする秀敬に、恭は手近にあった座布団を叩きつけてやった。

結局恭は、進路調査票を第一回と同じく「未定」で提出した。

適当な大学名を書いて出すことも考えたが、それでは恭の進路を心配してくれている伯父に申し訳ない。担任には夏休みまでには決めますと言って猶予《ゆうよ》をもらった。

秀敬には優柔不断だの計画性がないだのと説教されてしまったが……恭は聞き流してやり過ごした。

2

日下部家の長男一敬が帰省したのは、七月に入って最初の土曜日のこと。

その日、恭は朝から上機嫌だった。

部活が早めに終わったので、秀敬の所属する剣道部がまだ稽古《けいこ》をしているのを後目に一足先に帰宅の途につく。

あれから秀敬には新しい彼女ができたらしく、夜這いはない。今度こそ運命の人であってくれと願わずにはいられなかった。

勝手口の板戸を引き、ぴょんぴょんと庭石を伝う。三和土《たたき》には、よく磨かれた黒い革靴《かわぐつ》が揃えてあった。

（一敬さんだ！）

はやる気持ちを抑え、恭もスニーカーを揃えた。

「恭ちゃん、おかえり。早かったね」

「ただいま、伯母さん。一敬さんは？」

廊下で出くわした伯母に問う。

「部屋に荷物置きに行ったみたいよ」

礼を言って、恭は自室のある小階段ではなく、玄関脇の大きな階段を駆け上がった。

この屋敷は一階が広い造りになっていて、こちらの二階も二部屋しかない。秀敬の部屋と一敬の部屋——普段は決して近づかない場所だ。

手前の秀敬の部屋の障子が開いている。通りすがりにちらりと見やると、八畳の室内は男子高校生の部屋とは思えないくらい整然としていた。

(あいつらしいよな。上辺だけ取り繕ってる感じが)

片づけが苦手で、部屋を散らかしてはいけないというプレッシャーを日々感じている恭は眉をひそめる。

恭の足音に気づいたのか、奥の十畳間の障子がするすると開いた。

「一敬さん!」

「恭ちゃん、久しぶり」

一敬が、にこやかな表情で恭に微笑《ほほえ》みかける。

「おかえりなさい。入ってもいい?」

「どうぞどうぞ」

手招きされ、恭はいそいそと一敬の部屋に足を踏み入れた。

「正月以来だね。元気にしてた?」

「うん」

子供のように喜色満面で頷く。秀敬と違い、一敬の前ではいつでも素直な気持ちになれる。

「ちょうど今これを見てたんだ」

一敬が掲げて見せた分厚い冊子の表紙には、山星学園の校章が大きく印刷されていた。

「同窓会名簿……？」

「そう。最近届いた最新版。在校生名簿も載ってる。恭ちゃん、担任は岩田《いわた》先生なんだね」

「知ってるの？」

「ああ、俺が二年のときの担任だった」

「へえ、そうだったんだ」

それを機に、しばらく教師や学校の噂話に花が咲いた。他愛のない会話をしながら、ふと恭の顔が曇る。

（どうしよう……一敬さんに進路のこと相談するなら早くしないと……）

仕事で忙しい一敬は、明日の午後には東京へ戻ってしまう。

「恭ちゃん。あとで言おうと思ってたんだけど、俺、近々仕事辞めてこっち戻ることにしたんだ」

「え？」

思いがけない言葉に、恭の大きな目が見開かれる。

「いろいろ考えたんだけど、やっぱり親父の跡を継ごうと思って」

「一敬さん、選挙に出るの？」

「すぐにじゃないけどね。まずは親父の秘書見習いってとこかな」

「そうなんだ……」

一敬は現在経済産業省に勤めているが、学生時代は若手政治家が主催する勉強会に顔を出していたようだし、いずれは政治の道を歩むのだろうとは思っていた。

「ねえ、いつこっちに戻ってくるの？」

一敬が岡山に戻ってくるのは、恭にとって嬉《うれ》しいニュースだ。

「年度末で退職するつもり。来年四月には、またこの部屋に住むことになるかな」

「ほんとに？」

恭の顔が、ぱあっと輝く。

（あ、でも俺……）

今度は恭がこの家を出ていこうとしている。

「ねえ、一敬さん。こんな忙しいときに悪いんだけど……相談したいことがあるんだ」

「俺でよければなんでも聞くよ。どうしたの？」

一敬が、穏やかな目で恭を見つめる。

「あの……進路のことなんだけど」

そのとき、階段を上ってくる派手な足音が響いてきた。

「秀敬が帰ってきたみたいだな」

一敬が苦笑し、開け放った障子の向こうに目を向ける。

恭も振り向くと、廊下を踏み鳴らして秀敬が現れたところだった。

鴨居《かもい》につかえる頭をひょいとくぐらせ、不機嫌そうな顔で戸口に佇んでいる。高い場所からじろりと睨みつけられ、思わず恭は目をそらした。

「おかえり。ずいぶん日に焼けたなあ」

にこやかに、一敬が声をかける。

「恭、ここで何しとんな」

それには答えず、秀敬は冷たい声音で恭に詰問した。

昔から、恭が一敬に懐いているのを快く思っていないらしい。年の離れた兄への対抗意識のようなものだろうか。

「……別に、秀敬には関係ないじゃん」

その言い方にむっとして、恭は唇を尖らせた。一敬の部屋を訪ねることをとやかく言われる筋合いはない。

「相変わらずだな、おまえたち。……じゃあ恭ちゃん、話はご飯のあとでね」

含み笑いをし、一敬は恭の肩を軽く叩いた。

こくりと頷き、踵《きびす》を返す。

戸口を塞ぐ秀敬と睨み合い——しかし内心少々びくびくしつつ、恭はそそくさと階段を駆け下りた。

夕食の席で、一敬は改めて退職の件と、来年度から父の事務所で働くことを皆に報告した。長年伯父の秘書を務めていた人物が退職することになり、一敬が後任に収まることになったらしい。

意外なことに、秀敬はその話を初めて聞いたようだった。一敬がこの家に戻ると聞いて、太い眉がぴくりと吊《つ》り上がる。

(仲が悪いわけじゃないけど、どうも秀敬って一敬さんをライバル視してるよな……。男兄弟ってそんなもんなのかな)

しかし一敬のほうは、それをわかっていて面白がっている節がある。ライバルだと思っているのはどうやら秀敬だけのようだ。

食後のお茶を飲みながら一敬が祖父と話し込み始めたのを見て、恭は席を立った。

「ごちそうさま」

「あ、恭ちゃん。あとで部屋に行くから」

「あ……うん」

一敬の言葉に、秀敬の表情がますます険しくなる。慌てて恭は、食器を重ねて台所へ向かった。

「おい、兄貴に話ってなんな」

台所に入ると、後ろから秀敬がついてきた。

「別に」

流しに食器を置き、素っ気なく答える。

「俺には関係ない、か」

珍しく、秀敬は絡んできた。食器を軽く水ですすぎながら無視するが、秀敬はなかなかその場を立ち去ろうとしなかった。

「相談って、俺のことか」

その言葉に、恭は隣に立つ男をちらりと見上げた。秀敬に、恭を困らせているという自覚があったとは驚きだ。

「違うよ。相談するつもりなら、もうとっくにしてる」

皆のいる部屋からは廊下を隔てて距離はあるが、自然と声が小さくなる。

「じゃあなんだよ」

二の腕をぎゅうっと掴まれ、恭はあとずさった。

「その……進路のことでちょっと」

「………」

まだ不満そうな顔をしながらも、秀敬の手の力が少し緩む。

普段は好き勝手するくせに、兄にあの悪戯のことを言いつけられるのが怖いのだろうか。その割には一度も口止めしたことがないなと今更ながら気づく。言えないだろうと高を括《くく》っているのかもしれない。

ふいに、秀敬が恭の腕を摑んでいた手を放す。足音がして、伯母が台所に入ってきた。

「ふたりともここにいたん。一敬のお土産《みやげ》があるからデザートにどう？　恭ちゃんの好きなフルーツタルトよ」

「俺はいい」

東京に住んでいたときに好きだった店の菓子を、一敬は必ず買ってきてくれる。

甘いものが苦手なせいか、それとも一敬が恭の好物を買ってくるのが気に入らないのか、秀敬は不機嫌な表情のまま台所を出ていった。


「恭ちゃん、入るよ」

風呂上がりの涼しげな浴衣姿で、一敬が恭の部屋を訪ねてきた。

「あ、うん」

ぼんやりと机に肘《ひじ》をついてラジオを聴いていた恭は、慌ててスイッチを切った。

「お、この部屋はいい風が入ってくるなあ」

さわさわとカーテンをはためかせる風は、確かに心地いい。一敬が目を細め、机のそばの椅子に座る。

「一敬さん、忙しいのにごめんね」

椅子ごと一敬に向き直り、恭はおずおずと切り出した。

「遠慮しないで。進路のことって言ってたよね。どこ受けたいの？」

穏やかな微笑みに後押しされ、恭は重い口を開いた。

「俺……就職したいと思ってるんだ」

一敬の目が、軽く見開かれる。

「進学じゃなくて？」

「うん。いろいろ考えたんだけど、大学なら社会人になってからでも行けるし」

「恭ちゃん、遠慮してるわけじゃないよね？」

「違うよ。そうじゃない。ただ……」

「……ただ？」

「自立したいと思って」

小さく息を吐き、恭は慎重に言葉を選んだ。

「その……俺はいつまでもこの家にいられるわけじゃないし、いずれは出ていくことになる。それが、ちょっと早くなるだけだから……」

うーんと唸《うな》り、一敬が腕を組んだ。

「あのさ、親父は恭ちゃんのこと、三人目の息子だと思ってるんだよ。恭ちゃんをここに引き取ったとき、籍《せき》にも入れてる。戸籍上は俺たち兄弟なんだし、家族なんだよ」

「…………」

それは恭にもよくわかっている。

わかっているからこそ、居たたまれないと思うことがある。

引き取られた頃、学校で私生児だとからかわれた。それより更に陰湿だったのは、口さがない大人たちの噂話だ。

あの日下部家のお嬢さんの不始末。

それが恭に対するご近所の陰の呼び名だった。

日下部家へのやっかみもあったのだろう、田舎《いなか》の噂話はあっという間に広がった。普通の家ならまだしも、伯父は現役の県議会議員だ。身内の醜聞はイメージダウン必至である。

自分がいることで日下部家の人々に嫌な思いをさせ、迷惑をかけてしまう。それなのによくしてもらい、知らず知らずのうちに後ろめたさが積もっていった。

——幼少の頃、恭を取り巻く環境は決して良好とは言えなかった。親切には何か裏があるものだ、何かしら見返りを要求されるものだと擦り込まれて育った身に、日下部家での待遇はありがたく思うと同時に心苦しかった。いっそのことつらく当たられたほうが気が楽なのではないかと思うことさえあったほどだ。

当初はそんなことを考えて萎縮していたが、一年経った頃には恭も次第に後ろめたく感じなくてもいいのかもしれないと思い始めた。

この人たちは親切の見返りを求めたりしない。恭のことを、家族として受け入れてくれている。一緒に過ごすうちにそう信じることができるようになった。

だからこそ、秀敬に「俺に逆らうのか」と言われたときのショックも大きかった。

三年も一緒に暮らしていれば、それなりに日下部家の一員であることにも慣れてくる。遠慮もなくなり、本当の家族のように思えてくる。

しかし秀敬との行為のたびに、自分が居候《いそうろう》だということ、その代償として行為に応じていることを直視させられる。

あの行為が続く限り、恭は日下部家の本当の家族にはなれない——。

肩に一敬の温かい手が置かれ、恭は我に返った。触れられて初めて、肩にがちがちに力が入っていることに気づく。

「あんまり気の利いたこと言えないんだけど……そうだよね、恭ちゃんだっていろいろ思うこともあるよね」

穏やかに、一敬が恭の肩を抱き寄せる。

「でも、もっと頼っていいんだよ。自立なんて、いずれは俺や秀敬もしなくちゃならない。それまではうんと甘えればいい」

一敬の声が、触れたところから直に響いてきた。それだけで涙が込み上げてきそうになる。

「東京に戻りたいの？」

一敬に問われて、首を横に振った。

「東京じゃなくて……岡山かその近辺で就職してアパート借りようと思って。時々は、ここに帰ってきたいから」

「そうか……。恭ちゃんが決めたことなら反対はしないよ。俺もとりあえずはこの家に戻るけど、近々岡山市内に部屋借りようと思ってるんだ。なんなら一緒に住んでもいいし」

「え……？」

驚いて見上げると、間近で一敬が柔らかく微笑んだ。

『一緒にアパート借りればいいじゃねえか』

秀敬に言われたセリフが重なり、どきりとする。

「もう進路希望は出したの？」

「ううん、一敬さんに相談してからにしようと思って」

「そうか。もうすぐ夏休みだし、親父にも早めに言ったほうがいいね。明日の午前中、三人で話そうか」

こくりと恭は頷いた。一敬が一緒なら心強い。

担任はともかく、伯父に切り出すのは気が重かった。伯父は怖い人ではないけれど、恭にとっては立派すぎて少々近寄り難《がた》いのだ。

明日なら、秀敬は剣道部の親善試合とかで朝早く出かけることになっている。秀敬のいない間に済ませたいので、その点も好都合だ。

一敬にぽんぽんと背中を叩かれ、胸のつかえがすうっと下りてゆく。

（やっぱり一敬さんに相談してよかった）

椅子から立ち上がってから、思い出したように一敬が振り返った。

「ところで、秀敬にはもう話したの？」

「え？　ううん、まだ」

「ふーん……」

考えるときの癖《くせ》なのか、一敬は顎に手を当てた。

「あの……秀敬には、まだ言わないで」

一敬の眉がぴくりと吊り上がる。顔は似てないが、そういう仕草は秀敬とそっくりだ。

「そうだね。恭ちゃんの口から言ったほうがいいね」

何やら意味深な笑いを口元に浮かべ、一敬は部屋をあとにした。

3

「日下部」

一学期の終業式を終えて体育館から教室へ戻る途中、恭は担任に呼び止められた。立ち止まり、一緒にいたクラスメイトに先に行っててと小さく声をかける。

「午後の説明会、場所変更だ。職員室の横の会議室、わかるか？」

「はい」

「じゃ、一時にな」

担任の後ろ姿を見送り、恭も歩き出す。

説明会というのは、就職希望者のための説明会だ。一敬が東京に帰った翌日、恭は担任に就職したいと申し出た。

伯父は、就職には難色を示した。

『高卒の就職は、今はかなり厳しい。恭は成績もいいんだし、大学へ行ったほうがいいんじゃないか』

日下部家の体面ではなく、本当に恭の将来を心配してくれている。一敬も、家を出たいだけなら岡山市かその近辺の大学に行って自分と一緒に住めばいいと言ってくれた。

しかし、恭の決意は変わらなかった。

意外にも、恭の他にも就職希望者が数名いるらしい。恭は知らなかったのだが、三月に既に一回目の就職説明会があったそうだ。

(あ……秀敬だ)

教室棟の入り口に、見慣れた横顔を見つけた。

背が高いので集団の中でもすぐわかる。誰と話すでもなく、むっつりと黙って歩いている。

一敬の帰省以来、秀敬の機嫌が悪い。

一敬が東京に戻った日の夜、予備校の夏期講習に誘われた。

夏休みと冬休みには、学校の補習以外にも一緒に岡山市内の予備校に行くのが恒例になっている。当然のように恭の分の申込書を持って部屋を訪れた秀敬に、今年は行かないと告げた。

秀敬の眉がぴくりと吊り上がり、怖い顔で理由を問われた。

就職することを、いずれは秀敬にも言わなくてはならない。この機会に言おうかとも思ったが、秀敬のその顔を見たら言い出せなくなってしまった。

(だって……そんなこと言ったらまた変なことされそうだったし……)

思い出し、顔が熱くなる。

実際理由を問われてしどろもどろになった恭の腕を、秀敬はぎゅうっと痛いくらいに摑んで揺さぶった。『はっきり言え、俺と一緒に行くのが嫌なんか』と詰問しながら。

恭が自分の意のままにならないのが気に入らないのだろう。外では大人びた態度を取っているくせに、秀敬は時々ひどく子供っぽい。

しかしその目に決して子供っぽくはない情欲が垣間見え、慌てて恭はその手を振り払った。

幸いその場は階下から恭を呼んだ伯母の声に遮られたが、以来秀敬とはほとんど口を利いていない。相変わらず一緒に登下校しているものの、互いにむっつりと押し黙っている。

「おい、恭！」

名前を呼ばれ、ぎくりと体が強《こわ》ばる。

恭に気づいた秀敬が、人波をかき分けてこちらにやってくるところだった。

「このあとすぐ帰るんじゃろ？」

終業式のあとは、ホームルームだけだ。三年生は期末考査前に部活動を引退しているので、正午前には下校できる。

しかし恭には、就職説明会がある。

「いや、今日は用事があるから……」

秀敬の眉が吊り上がるのが見えた気がしたが、直視して確かめる気にはなれなかった。

怒りたければ怒ればいい。

こんなふうに秀敬の顔色を窺うのは、もうたくさんだ。

「………そうか」

さすがに秀敬も、公衆の面前で詰問したり腕を摑んだりはしなかった。

くるりと向けられた背にほっとしつつも、恭の胸にほんの少し罪悪感がよぎった。


「あれ？　日下部じゃん」

ぽんと背中を叩かれ、恭は振り返った。

「市川《いちかわ》……」

見知った顔が、嬉しそうに笑う。市川は秀敬と同じ、剣道部員だ。恭も一年のときに同じクラスだったので、共通の知人でもある。

冷房の効いた会議室にいた三人の先客は知らない顔ばかりだったので、顔見知りの登場にほっとして、恭は市川に隣の席に座るよう促した。

「日下部も就職組なん？」

「え？　あ、うん」

「へえ、てっきり秀敬と同じ大学に行くんかと思っとった」

「なんで？」

従兄弟だからといって、進路まで一緒とは限らない。周囲の人たちに、家も一緒登下校も一緒、いつも一緒で仲がいいと思われていることが恭を苛立たせる。

「だって秀敬、東京行ったら日下部と一緒に住むって言うとったぞ」

「ええ？」

その話は断ったはずだ。勝手なことを言いふらされていては困る。

それにしても、秀敬が友人にそんなことまで話しているとは意外だった。

「おまえらほんっと仲いいよな。秀敬って後輩とかの面倒見はあんましよくねえけど、おまえのことは何かと世話焼きたがるもんなあ」

どうすればそのような解釈ができるのか。首を捻《ひね》りながら恭はため息をついた。自分と秀敬は仲がいいわけではない。

「あのなあ、俺、東京に行くなんてひとことも言ってない。あいつが勝手にそう言ってるだけ」

「そうなん？」

「そうなの！」

むきになって言い返したところで、会議室のドアが開いて就職指導担当の教師が入ってきた。

「全員集まってるな？　じゃあ始めようか」

教師の挨拶を聞きながら、恭はちらりと市川を窺った。

（秀敬には内緒にしといてくれって言っといたほうがいいかな……）

しかし、ばれたらばれたで構わないような気もする。

隠し通せるものではないし、いずれは秀敬の知るところとなるのだ。

自分から話すよりも、誰かから伝え聞いた秀敬に問い質《ただ》されて肯定するほうが手っ取り早い。

我ながら逃げ腰だと思いつつ、恭は手元の資料をめくった。

4

七月の下旬になると、北郷市民が毎年楽しみにしている行事がある。北郷神社で行われる夏祭りだ。

恭にとっては三回目、もしかしたらこれが地元で迎える最後の祭りになるかもしれない。

だからこそ、今年はいい思い出にしたかった。

(夏祭りは好きだけど、嫌な思い出があるから……)

一昨年《おととし》の夏、人混みで秀敬とはぐれてしまった恭は、通学の電車で顔見知りになった男に襲われかけた。無理やり体を触られ……駆けつけた秀敬に助けられた。

夏休みが終わって二学期になると、通学の電車に石島の姿はなかった。引っ越したのか学校を辞めたのかわからないが、石島がいなくなったことに恭はほっとした。

翌年の夏祭りはちょうど一敬が帰省していたので、秀敬と三人で出かけた。ひとりでは行きたくなかったし、秀敬とふたりで行くのも気詰まりだったので、一敬がいてくれて心底ありがたかった。

けれど、今年は再び秀敬とふたりで行くことになってしまった。

(彼女と行けばいいのに……)

そう言ったのだが、秀敬に「変な気を遣うな」と一蹴《いっしゅう》された。

気を遣ったわけではなく、秀敬とふたりだと、どうしても一昨年のことを思い出してしまって気まずいからなのだが……。

（……ま、大月先輩の誘いを断る口実にもなったけど）

恭が相談する前に他の誰かが顧問教師に言ってくれたようで、あれから大月は部活に顔を出さなくなった。けれどメールや電話はちょくちょくあり、先日も一緒に夏祭りに行かないかと誘われてしまった。

もちろん断ったが、その後もメールが来て困っている。やんわりと「受験勉強に集中したいのでメールのやり取りも控えたい」と伝えたところ、「すぐに返事くれなくていいから」と言われて言葉を失った。

いっそのこと、交際を申し込まれたほうがきっぱり断ることができていいのかもしれない。今はまだ先輩後輩の域を出ていないので、対応がなんとも難しいところだ。

（どっちにしても、俺は誰ともつき合う気ないし）

一昨年の夏祭りの記憶が、恭の心に重くのしかかる。

石島から助けてくれた秀敬に、初めて体を触られた。あのときはまだ幼くて、無防備に痴《ち》態《たい》を晒《さら》してしまった。

思い出すと、顔から火が出そうになる。

――消し去りたい過去。けれど、そっと触れるだけだったキスを思い出すだけで胸が切なく疼いてしまうのはなぜなのか……。

階段を上ってくる足音に、恭ははっと我に返った。

「おい、用意できたか」

ずかずかと遠慮なく部屋に入ってきた秀敬の姿に、恭は思わず息を呑んだ。

秀敬は、白地に大胆な黒い太縞《ふとじま》の入った浴衣姿だった。

毎年夏祭りには祖母お手製の浴衣を着ることになっているのだが、今年の浴衣は特に、日に焼けた秀敬によく似合っていた。色白で華奢な恭には着こなせない粋な色柄だ。

「……まだ帯が……」

俯いて、もたもたした手つきで帯をたぐり寄せる。祖母に習って和服の着付けは一通りできるようになったのだが、どうも恭は不器用でうまくいかない。

「貸せ」

「えっ？」

秀敬に帯を取られ、後ろを向かされた。腰に手をまわされ、秀敬の大きな手が器用に動くのを呆然《ぼうぜん》と見つめる。

「ほら」

あっという間に、帯は綺麗《きれい》に締められた。

「恭ちゃん、うまく着られた？」

ゆっくりした足音とともに、祖母まで心配してやってきた。

「あら、秀敬もいたん。うん、まあええ感じじゃな」

秀敬の浴衣姿を一瞥《いちべつ》し、祖母は秀敬を押しのけるようにして恭の前に立った。

「ああ、やっぱりこの色にしてよかった。よう似合っとるわ。ほんま、玲子《れいこ》にそっくり」

恭の浴衣は、黒地に青い朝顔の模様だ。

布地を見せてもらったとき、それは女物ではないのかと尋ねてみた。祖母は男物だと言い張ったが、どうも怪しい。

柄が控えめなので、さほど派手ではないのだが……。

「玲子も高三のときに黒地の浴衣が着たいて言うてなあ。若い女の子が黒い浴衣なんて、と思うたんじゃけど、あの年の夏祭りで玲子がいちばん洒落《しゃれ》てて綺麗じゃったわ」

祖母が、感激した様子で恭の浴衣姿をしげしげと見つめる。

（ま、これも孝行だと思えば……）

諦めて、恭は小さくため息をついた。

いずれにせよ、夏祭りの浴衣や正月の着物に恭の選択権はないのだ。

どうも祖母は、亡くなった娘の代わりに恭を着せ替え人形にして遊んでいるらしい。最初の夏祭りは秀敬とお揃いの絣《かすり》の浴衣だったのだが、去年は可愛らしい金魚柄だった。寝間着用の浴衣も、花柄やら蝶々《ちょうちょう》の柄が増えてきた気がする。

確かに恭には秀敬のような渋い色柄は似合わない。黒地の浴衣は恭の白い肌を引き立てて、控えめな朝顔の柄も恭の顔立ちによく似合っていた。

「……ほら、行くぞ」

秀敬に腕を取られ、恭はしぶしぶ従った。


北郷神楽《かぐら》はまだ日の高いうちから始まり、深夜まで続く。日が暮れ始め、松明《たいまつ》に火が灯される瞬間が、恭はいちばん好きだ。

町はずれの神社まで伯母に車で送ってもらい、婦人会の仕事があるという伯母と祖母とはそこで別れた。何かとつき合いの多い伯父と祖父は、朝から既に出かけている。

この地方では、夏祭りは正月と並ぶ重要な行事だ。男たちは徹夜で酒を酌《く》み交わし、婦人会の女性陣もこの日ばかりは無礼講とばかりに朝まで帰ってこない。

鳥居をくぐると、既に大勢の人で賑《にぎ》わっていた。参道には出店が軒《のき》を連ねている。

「日下部くん！」

人混みの中、黄色い声で名前を呼ばれ、恭は隣の秀敬を見上げた。

もしかして、彼女とここで落ち合う約束をしていたのだろうか。

「久しぶりー、元気にしとった?」

振り向くと、声をかけてきたのは恭も顔を知っている中学時代の同級生だった。彼女の視線は秀敬に向けられているので、秀敬の姿を見つけて声をかけたのだろう。

秀敬の背中に隠れるようにして、恭は同級生を窺った。

同じクラスになったことはないので、名前はわからない。キャミソールのワンピースを着て念入りに化粧をしており、高校生とは思えないほど大人びている。秀敬を前に、彼女の目はきらきらと輝いていた。

「なあ、もう聞いた? 来月一組のクラス会やろうって話しとるんよ」

「クラス会?」

「そう。高校卒業したら地元離れる人もおるけん、今のうちにいっぺん集まろうって」

話が長くなりそうだ。恭はそっと秀敬の浴衣の袂《たもと》を引っ張った。

「俺、先に行ってるから」

「え?」

「あ、従弟の恭ちゃんも一緒だったん。相変わらず可愛いなあ」

同い年の女子に可愛い呼ばわりされ、少々むっとする。

「ミキ、探しとったんよ! あぁーっ! 日下部くん!」

彼女の連れらしい女の子がふたりやってきて、秀敬を見た途端歓声を上げる。

「超久しぶり！　元気だったー？」

「いやあ、ふたりとも浴衣なんじゃあ。写真撮らせてー」

彼女たちのテンションに、恭はたじたじとなった。女子の集団の、こういうところがどうも苦手だ。

「クラス会、まだ日にち決まっとらんのんよ。八月の後半の土曜か日曜にしようて言うとんじゃけど、都合悪い日とかある？」

彼女たちの話は当分終わりそうにない。

立ち話につき合うくらい別に構わないのだが、女の子たちと話している秀敬のそばでぽけっと突っ立っている自分が間抜けに思えてきて、人混みに紛れて一足先に境内《けいだい》へ向かう。

彼女たちは、クラス会の話にかこつけて秀敬としゃべりたいのだ。あわよくば、祭りも一緒にまわりたいと思っているに違いない。

（……勝手にしろ）

面白くない気分で、恭は境内に設置された神楽の舞台に近づいた。

舞台の下には長椅子が並べられ、早くも観客で埋まっている。椅子席の後ろで立ち止まり、帯に差していた団扇《うちわ》で顔を扇《あお》ぎながら恭も舞台に見入った。

色とりどりの衣装をまとい、古い面を被った神楽太夫の動きに、祭りの高揚感が湧《わ》いてくる。

やがて松明に火が灯される。

(これを見るのも今年が最後かも……)

薄闇に燃え上がる炎に、恭はやや感傷的な気分になった。

「日下部」

ふいに肩を叩かれ、驚いて恭は振り返った。

「……っ!」

笑顔を浮かべて立っていたのは大月だった。眩しげに目を細め、浴衣姿の恭に舐めるような視線を這わせてくる。

「まさかここで会えるとは思ってなかったよ。従兄と一緒に来るんじゃなかった?」

「え、ええ……ちょっと、はぐれちゃって」

ぎこちなく笑みを浮かべながら、恭は背中に嫌な汗が噴き出してくるのを感じた。

よりによって、いちばん会いたくない相手に会ってしまった。去年までは一緒にいて楽しい相手だったのに、いったいどうしてこうなってしまったのだろう。

「俺は寂しくひとりなんだ。せっかくだから、ちょっとつき合ってよ」

ねっとりとまとわりつくような言い方に、言いようのない嫌悪感が込み上げてくる。

以前の大月は、こんな卑屈なセリフは口にしなかった。大学生活への不満が、彼をこんなふうにさせてしまったのだろうか。

「いえ、従兄が探してると思うので……」

携帯電話を取り出して秀敬に電話をかけようとするが、圏外の表示が出て繋がらない。

「ああ、通じないと思うよ。ここはただでさえ電波悪いし、これだけ人が多いしね」

携帯電話をしまいながら、どうやってこの場を切り抜けようかと考える。

自分が大月に好意を持っていると思わせてはまずい。失礼を承知で、恭は素っ気なく振舞うことに決めた。

「はぐれたときの待ち合わせ場所、決めてあるんです。すみませんけど、もう行かなきゃ」

「そんなに邪険にするなよ」

腕を摑まれた拍子に、恭は大月の息が酒くさいことに気づいた。

「先輩……酔《よ》ってるんですか」

「ちょっとたしなんだだけ。いいだろ、お祭りなんだし」

「……離してください」

「嫌だ」

にやにやと笑いながら見下ろされ、全身の肌がぞっと総毛立つ。

酔っぱらいは嫌いだし、しつこい男も大嫌いだ。一昨年の記憶がよみがえり、気分が悪くなってくる。

「もう離してください、本当に……っ」

「本当に、何？」

「ふざけないでください。先輩らしくないですよ」

感情的にならないように、抑えた声音で淡々と言ったつもりだ。しかしその言い方が、大月の癇《かん》に障《さわ》ってしまったようだった。

「俺らしくない？　俺らしいって何？　今の俺も充分俺らしいと思うけど？」

突っかかられて、鼻白む。酔っぱらいに何を言っても無駄だということを思い出し、恭は黙って大月の手を振り払った。

その瞬間、眼鏡の奥の目に危険な光が宿る。

「来いよ」

「嫌だ！」

力任せに腕を引かれ、恭は声を上げた。

しかし声は神楽太鼓にかき消されてしまう。何事かと振り向いた周囲の数人も、かかわりになりたくないとばかりに目をそらす。

逃げようともがいたが、大月の力は思いのほか強かった。騒ぎになって警察沙汰《ざた》になっても困るし、ここは大人しく従うふりをして、隙《すき》を見つけて逃げたほうがよさそうだ。

大月に引きずられるように、恭は神社の本殿の裏へ連れていかれた。

ひとけのない本殿裏の空き地には、柄の悪そうな男女が何人かたむろしていた。地べたにしゃがんで煙草《たばこ》を吹かす彼らの周りには、空になったビール缶や日本酒の瓶が転がっている。

ぎょっとして立ち竦《すく》むが、大月は構わず恭の腕を引いて奥の杉林のほうへと突き進んだ。

「ん……っ」

暗がりになった木陰から男女が睦《むつ》み合う声が漏れ聞こえてきて、恐怖と嫌悪感に耳を塞ぎたくなる。

昔から祭りは男女の出会いの場だというが、こういう生々しいのは苦手だ。直視しないように目をそらし、恭は大月に小声で訴えた。

「先輩、ここはまずいです。引き返しましょう」

「なんで？　ここならふたりきりになれるじゃん」

「だけど先客が……、ちょ、ちょっと！」

杉林の中の小径《こみち》に連れ込まれそうになり、恭は足を踏ん張って抵抗した。

下駄《げた》が片方脱げてしまったが、大月はお構いなしに恭を引っ張ってゆく。鬱蒼《うっそう》と生い茂った杉林の下闇は、一度立ち入ったら二度と出てこられないような不気味な色を湛《たた》えていた。

「痛……っ！」

手首を摑まれて杉の大木の幹に体を押しつけられ、思わず悲鳴を上げる。

月明かりを受け、大月の目は眼鏡の奥で不穏な光を放っていた。

「去年の夏は、梨紗《りさ》とここに来たんだ」

梨紗というのは、大月がつき合っていた同級生だ。仲のよさそうなカップルだったが、県外の大学に進学した彼女に新しい恋人ができて別れを告げられたらしい。

近づいてきた唇に、慌てて顔を背ける。

大月は、梨紗にしていたであろうことを自分にしようとしている。それがわかって、恭は気力を振り絞って大月を睨みつけた。

「やめてください。大月先輩、酔ってるでしょう」

「ああ、酔ってるよ。なあ、わかってるんだろう、俺の気持ち……」

「わかりません！　先輩は俺を彼女の身代わりにしようとしてるだけです！」

叫ぶように言ってから、自分の言葉に深く傷つく。

彼女の身代わり——女の代替品。いつもそうだ。大月も、そして秀敬も……。

「身代わり？　ああ、そうかもな。日下部だったら全然いけるし」

下卑た言葉は、自分が知っている大月が発したものとは思えなかった。

慕っていた先輩の豹変《ひょうへん》ぶりに、今更ながらショックを受けて体が凍りつく。

「いや……っ」

顔を背けると同時に首筋に吸いつかれ、ぞわりと肌が粟立《あわだ》った。

（どうしよう……どうしたら……）

大声を上げたところで、誰にも聞こえないだろう。恭が嫌がって抵抗すればするほど大月を興奮させるであろうことは想像に難くない。

——逃げられない。

ふと、恭の中に自虐めいた考えが浮かぶ。

（どうせいつも秀敬にもされてることだ……ほんの少し我慢してやり過ごせばいい）

頭の中で、耳鳴りのような音が響いていた。神楽の太鼓の音が次第にぼやけてきて、夢の中を漂っているような浮遊感に包まれてゆく。

「キスが嫌なら、これをしゃぶってもらおうかな」

薄闇の中、大月のぎらついた目が光っている。いつもと同じ優しげな声で、大月は臆面《おくめん》もなく破廉恥《はれんち》な言葉を口にした。

小突かれて、地面に膝をつく。大月がズボンのファスナーを下ろす音に、恭は固く目を閉じて唇を噛み締めた。

「ほら、ちゃんと口開けて」

髪を摑まれて、ぐいと引き寄せられる。唇に性器が当たる感触に、喉の奥から吐き気が込み上げてきた。

（嫌だ……！）

さっきは我慢してやり過ごせばいいと思ったが、実際そうなってみるととても耐えられそうになかった。

秀敬のものを握らされたり口に含まされたりしたことがないわけではないが、こんなふうに一方的で暴力的ではなかった。秀敬はしつこいくらいに恭の体を愛撫して、とろけるように感じさせてから事に及ぶ。

「言うこと聞かないなら、ちょっと手荒な真似《まね》しちゃうよ」

口を開けない恭に焦れたのか、大月が恭の体を下草の上に押し倒す。

「や、やめて……！」

馬乗りになった大月に浴衣の前を大きくはだけられ、恭は恐怖に駆られて叫んだ。

「へえ……ぺったんこだけど、なんか男って感じしないな」

恭の胸を見下ろして、大月がにやにやと薄ら笑いを浮かべる。

汗ばんだ手で乳首をまさぐられた瞬間、萎えかけていた怒りが息を吹き返す。力を振り絞り、恭は上半身をがばっと起こした。

「痛！」

急に起き上がった恭に頭突きを食らわされ、大月が尻餅《しりもち》をついた。

その隙に、杉の幹に縋《すが》ってよろよろと立ち上がる。

「待て、逃げるな！」

「ひあ……っ」

足首を摑まれて転びそうになり、恭は無我夢中で下駄を履いたほうの足を蹴《け》り上げた。

「ぐあっ！」

恭の渾身《こんしん》のキックが命中し、下駄が放物線を描いて暗闇の中に吸い込まれていく。同時に大月が奇妙な声を上げて、どさりとその場に倒れ込んだ。

杉の幹にもたれて、恭は足元にうずくまる大月を呆然と見下ろした。

（……まさか、死んじゃった……⁉）

それほど強い蹴りではなかったはずだが、打ちどころが悪かったのかもしれない。大月の体がぴくりとも動かないのを見て、冷たい汗がどっと噴き出してくる。

早く大月を助け起こし、無事を確かめなくては。

けれど体はまるで金縛りに遭ったように動かなくて、膝頭ががくがくと震えていることしかわからない。

「――恭！」

どれくらい、そこで棒立ちになっていたのだろう。ふいに薄闇を切り裂いた秀敬の声に、金縛りが解けて膝からがっくりと崩れ落ちる。

「大丈夫か。さっきおまえが、あのバスケ部のOBと一緒におったって聞いて……」

大股で近づいてきた秀敬が、恭の足元に転がっている大月に気づいて眉をひそめる。

「ひ、ひで……っ」

歯ががたがた震えて言葉にならない。腰が抜けたように、恭はその場にしゃがみ込んだ。

「おまえがやったんか」

こくこくと頷くと、秀敬が神妙な面持ちで屈んで大月の体を揺り動かした。

「……うう……」

呻《うめ》き声が聞こえてきて、死んではいないことがわかってほっとする。

「うわ、すげえ酒くせえ……」

秀敬が顔をしかめ、大月の体をひっくり返して仰向《あおむ》けにさせた。

「なんだおまえは……っ」

寝ぼけたように言いながら、大月が秀敬の手を払いのけようとする。

しかしその手は力なく宙をさまようばかりで、やがてぱたりと地面に落ちていった。

「おい、恭に何した」

「………」

秀敬の詰問に、大月は答えない。気を失ったか、眠ってしまったようだ。

「聞いても無駄か。恭、こいつに何された」

「………キ、キスされそうになって……」

それ以上言葉が続かなくて黙り込む。はあっとため息をついて、秀敬が立ち上がって恭の腕を摑んだ。

「なんでおまえは懲りねえんだ。自分に気のある男とふたりきりでこんなところに来るなんて、襲ってくれって言うとるようなもんじゃろうが」

「て、抵抗はしたよ！　隙見て逃げようと思って……っ」

秀敬に責められて、恭は必死で釈明した。

「……ま、一昨年に比べたら進歩したな。一応自分でピンチを切り抜けたし」

大月をちらりと見やり、秀敬がふっと表情を和らげる。

一瞬笑みが浮かんだようにも見えたが、月に雲がかかってよくわからなかった。

「立てるか」

しゃがんだ秀敬にはだけられた浴衣の前を直され、恭は頷いた。

しかし足が震えてうまく立ち上がれない。おまけに下駄は両方とも行方不明だ。

「帰るぞ」

言いながら、秀敬が手を差し伸べてくれた。

「え、ちょっと待って。大月先輩をこのままにしておけない……」

倒れたまま動かない大月が心配になって、差し出された手に躊躇《ちゅうちょ》する。

「酔っぱらって寝とるだけじゃ。ほっときゃそのうち目が覚める」

「でもここ、なんか柄の悪い人たちいたし、もしかしたら怪我《けが》もしてるかも……」

もう一度ため息をついて、秀敬は携帯電話を取り出した。まず母親に電話して祭りの救護班の番号を聞き出し、酔っぱらって倒れている人がいるから助けに来て欲しいと通報する。

数分後、揃いの法被《はっぴ》を着た救護班の青年がふたりやってきた。彼らが大月を担架に乗せて運ぶのを見届けてから、ようやく震えの止まった足で立ち上がる。

「下駄、なくしたんか」

「うん……うわっ！」

いきなり横抱きにされ、恭は思わず秀敬の首にしがみついた。

慣れているはずなのに、秀敬の汗の匂《にお》いにどきどきする。

恭を軽々と横抱きに抱いて、秀敬は小径を引き返した。

「……ごめん。俺……」

ひとりで行動しないように言われていたのに、秀敬にひどく迷惑をかけてしまった。

「ええから」

いつになく、秀敬の声は優しかった。

緊張の糸が切れたのか、じわっと涙が浮かんでくる。

泣き顔を見られたくなくて、恭は俯くように秀敬の胸に顔を寄せた。

秀敬が神楽の舞台のある境内を横切ろうとしたので、いくらなんでも人前でお姫さま抱っこは恥ずかしくて、恭は境内の隅でいったん下ろしてもらった。

明るいところで改めて見ると、浴衣はところどころ泥で汚れ、足に擦《す》り傷ができている。

「家に帰るぞ」

もう祭りを楽しむ気分ではない。秀敬の言葉に、恭は素直に頷いた。

「おまえの部屋からだったら、花火見えるかもしれんな」

「うん……」

「ほら、負《お》ぶってやるから」

「えっ？　いいよ、もう歩けるから」

秀敬が背中を向けてしゃがみ、負ぶされと言うように手を伸ばす。

「おまえ、裸足《はだし》で歩いたことなんかねえだろ」

「そうだけど……」

「早よせえ」

怖い顔で命令されては逆らえず、しぶしぶ秀敬の広い背中に摑まる。

(どうか知り合いに見つかりませんように……)

秀敬の背中は、思ったより心地よかった。

大きな背中に揺られながら、恭はそっと振り返って松明の火を見つめた。

一昨年の夏祭りでも助けてくれて、怯《おび》える恭を宥《なだ》めるように家までずっと手を繋いでいてくれたことを思い出す。

(秀敬は、普段は意地悪だけど……)

性格は悪いが、根っからの悪人ではない。

(こんなふうに、俺が危機に陥ったらいつも助けてくれる……)

従弟だから、だろうか。

ふと、秀敬に愛される女性はきっと幸せだろうなと思った。今はまだ本命の女性には出会っていないようだけれど、いつかそういう女性が現れたら——。

「ちゃんと摑まっとれよ」

ついつい秀敬の背中と自分の胸の間に距離を作ってしまった恭は、秀敬に揺すり上げられて慌ててしがみついた。


——三十分後。神社を出たところで秀敬がタクシーを拾い、ふたりは無事帰宅した。

家に入る前に、庭でもう一度泥をはたき落とす。

「恭、先に風呂入れ」

「え？　いいよ。秀敬が先に入って」

「じゃあ一緒に入るか？」

「…………」

お言葉に甘えて、恭は先に風呂に入ることにした。

風呂上がりに祖母が縫ってくれた寝間着用の浴衣を引っかけて台所に向かうと、廊下で秀敬と鉢合わせした。

「……あ、お風呂、お先に」

「おう」

なんとなく、ぎくしゃくとしてすれ違う。

秀敬が風呂場に向かうのを見届け、恭は冷蔵庫を開けて冷たい麦茶を取り出した。

「そうだ、花火」

立て続けに麦茶を二杯飲んでから自室に戻り、部屋の窓を開け放つ。破裂音に少し遅れて、夜空にきらきらと鮮やかな光が広がるのが見えた。

少々遠いが、こうやって自室の窓から見るのも悪くない。部屋の明かりを消して、恭は窓辺にもたれて座った。

しばらくそうやって花火に見入っていると、階段を上ってくる足音が聞こえてきた。

「……秀敬」

秀敬も寝間着用の浴衣姿だった。お揃いの格子《こうし》模様に、普段は嫌がって着ないくせにと少々くすぐったいような気持ちになる。

「花火、見えたか」

「うん。まだやってる」

秀敬も窓辺に近づき、恭の隣にあぐらをかく。

（…………まさか今日は何もしないよな？）

今更ながら家にふたりきりだということを思い出して、恭の体に緊張が走る。

「……傷、平気か？」

「ちょっと足擦りむいたくらいだから……うわっ」

いきなり秀敬に足首を摑まれて、恭は驚いて声を上げた。浴衣の裾が少し捲れ、膝から下が露になる。

秀敬の手が、擦り傷を調べるように肌を撫でてゆく。

「お袋に訊《き》かれたら、神社の階段でこけたとでも言っとけ」

「う、うん」

慌てて恭は裾を直した。秀敬は傷の具合を調べているだけなのだろうが……いつもされていることを思うと、つい警戒してしまう。

「他に怪我は？」

「ない、大丈夫だってば」

今度は腕を摑まれ、ぐいと引き寄せられた。

「それで、あのＯＢに何された」

「さっき言ったじゃん……キスされそうになって……それだけだよ」

なんだかまずい雰囲気になってきた。先ほどまでの親切な従兄の仮面が脱げ落ち、いつもの秀敬に戻っている。

「浴衣、脱がされとっただろ」

「え？　いや、ほんと何も……っ」

迫ってくる秀敬から逃げようと、恭はじりじりと尻であとずさった。

「痛っ！」

背中が机の脚にぶつかった。同時に、机の上にごちゃごちゃと積み上げていた本や書類が雪崩《なだれ》のように頭の上に落ちてくる。

慌てて恭は、落ちてきたものをかき集めた。

「だからいつも机の上片づけろて言うとるが」

散らかった畳の上を見てため息をつき、秀敬が立ち上がって机の上の電気スタンドをつける。

「おい、これ二年生のときの三者面談のお知らせじゃねえか。お袋に渡してなかったんか」

「……秀敬が同じの持って帰ってるからいいかと思って」

「おまえなあ……ルーズにも程があるぞ」

呆《あき》れ顔で、秀敬も本やプリントを拾い集める。

だいたい片づいたところで、ふと秀敬の手が止まった。

「――恭」

低い声で名前を呼ばれ、恭は顔を上げた。

秀敬が、ホチキスで綴《と》じられたプリントの束を目の前に突き出す。

(……あ!)

先日の就職説明会で配られた資料だ。ごまかそうにも、表紙にでかでかと『就職活動の心得』と書かれている。

「これはなんな?」

秀敬の顔が、見る見る険しくなってゆく。

「それは……」

不測の事態に、恭はあからさまに狼狽《うろた》えてしまった。

「就職するつもりなんか」

黙っていたことを責められるのを覚悟して、恭はこくりと頷いた。

いつかばれるだろうとは思っていたが、何もこんなときにばれなくてもいいのにと少々恨めしい気持ちになる。

「いつから決めとったんな、就職のこと」

抑えた声で問われ、そういえばいつからだろうと記憶を遡《さかのぼ》る。

「……え……えっと、今年のお正月くらいから……」

「こないだ兄貴に相談があるって言うとったんはそのことか」

「……うん」

秀敬の口調は淡々としていたが、それが嵐の前の静けさのようで不気味だった。びくびくしながら秀敬の顔色を窺う。

「東京で就職すんのか」

「いや、あの、東京じゃなくて、岡山かその近辺で……」

「どうして」

強い口調で遮られる。

「どうしてって……別に東京に戻りたいわけじゃないから」

「ここから通えるところか」

秀敬の追及に、恭は観念して首を横に振った。

「……この家は、出ようと思ってる」

「なんでな？　岡山ならこっから通えるじゃろうが！」

「それじゃ意味がないんだよ！」

当然のように言い放つ秀敬に、ついかっとなって言い返す。

秀敬にぎろりと睨みつけられ、恭は首を竦めた。

「だいたいおまえ、なんで急に就職なんて言い出したんな？　この家を出たいだけなら大学行ってアパート借りるなり寮入るなりできるじゃろ。何考えとんな！」

秀敬の語気が次第に荒くなる。

秀敬が、こんなに怒るとは思わなかった。

秀敬は恭を自分の思い通りにできると思っている節がある。就職のことを黙っていれば、機嫌を損ねるだろうということはわかっていた。

だが、隠し事をしていた件を謝りさえすれば、あとは就職しようが進学しようが恭の進路にさほど興味を持たないのではないかと思っていた。

秀敬にとって自分は、所詮都合のいい玩具なのだから……。

「おい、なんとか言え！」

腕を摑まれそうになって、恭はあとずさった。力でねじ伏せられ、従わされるのはもうたくさんだ。

「秀敬にはわかんないよ！」

自分でもびっくりするようなヒステリックな声が出てしまう。

「なんだと⁉」

「そうだろ！　いつだって、俺のことなんかわかろうとしないじゃないか！」

「ああ、わからんな！　おまえの考えてることがさっぱりわからん！」

「わかんなくていい！　別にわかって欲しくなんかない！」

「この……っ」

売り言葉に買い言葉の末、秀敬が鬼のような形相で飛びかかってきた。

畳の上に押し倒され、渾身の力で暴れながら叫ぶ。

「俺は……俺は自立したいんだ！　もう日下部家の世話になりたくない！　おまえに玩具みたいに扱われながら暮らすなんて、もう嫌なんだ！」

就職の話は冷静に告げようと思っていたのに、言葉はどんどん感情的になってしまう。

「俺のことが嫌で、この家出ていくんか！」

秀敬が大声で怒鳴った。

こんなに激しく怒鳴られたのは初めてで、怖いというよりもなぜこんなに怒鳴られなくてはいけないのかと悔しくなる。

「そうだよ！　もううんざりだよ！　今までこの家に置いてもらってるから我慢してたけど、おまえのお遊びの道具にされるのなんか、もうまっぴらだよ！」

ふいに秀敬が黙り込む。

凍りついた表情からは、恭の言葉をどう受け止めているのかわからなかった。

「……お、女が途切れたときに間に合わせに弄ばれる俺の気持ちにもなってみろよ！　中学のときだって、どうせ練習台にしてたんだろ？　もういい加減終わりにしてくれてもいいんじゃない？　相手には不自由してないじゃん！」

この際だから、言いたいことは全部吐き出すことにする。

息を吸い込んで、恭はとどめを刺した。

「今日だって、助けてくれたのだって、自分の玩具を人に横取りされるのが嫌だっただけだろ！　おまえも結局あいつらと一緒なんだ！」

さすがにこれは言いすぎたと思ったが、言ってしまった言葉は取り消せない。

秀敬の表情に、激しい感情が漲《みなぎ》ってゆく。

「……っ！」

怒りのあまり言葉が出てこないのか、秀敬は無言で恭の浴衣の襟に摑みかかった。

恭も秀敬の浴衣を摑み返した。揉み合っているうちにますます感情が高ぶり、息が苦しくなってくる。

「おまえの好きにすればいい！　いつものことだ！　でもこれで最後にしてくれ！」

びり、と布の裂ける音がして、恭の浴衣が乱暴に開かれた。

ほの暗い室内で、秀敬の両眼だけがぎらぎらと光っている。獣のようなその目に、恭は反射的に両手で破れた上着をかき合わせた。

しかし細い手首は容赦なく捻り上げられ、頭上にひとつにまとめられる。

素早く解かれた帯できつく縛られて、恭は目を見開いた。

「痛い！　何すんだよ！」

縛られたことなど初めてだ。本能的な恐怖に体が竦む。

「……好きにしろ言うたんはおまえじゃ」

低い声が、容赦なく告げる。

「んんっ！」

次の瞬間、灼《や》けるように熱い唇が恭の唇を塞いだ。

性急に舌が入り込み、口腔内を舐めまわす。舌で責めるようなキスに、息が止まりそうになる。

唇を執拗に貪りながら、秀敬は胸に手を這わせてきた。

「――っ！」

こんな状況なのに、触られた乳首がいつもより敏感に、痛いくらいに反応する。

（大月先輩に触られたときには気持ち悪いだけだったのに……）

それが秀敬の遊びに慣らされている証拠のようで、恭は悔しくて歯噛みした。

硬く凝《しこ》った乳首をつままれて、足の指がぴくりと引きつる。

浴衣の裾を割って入ってきた大きな手は、無遠慮に恭の太腿を撫でまわした。

「……あ……っ」

下着の上から膨らみを揉みしだかれ、鼻にかかった喘《あえ》ぎ声が漏れてしまう。

いつもは下着が濡れるまで弄りまわして恭の反応を愉しむ秀敬が、余裕のない手つきで乱暴に下着を引きずり下ろす。

「ああ……っ」

兆《きざ》し始めていたペニスをいきなり口に含まれ、恭は声を上げた。

熱い粘膜に覆われ、秀敬が技巧を凝《こ》らすまでもなく完全に勃ち上がってしまう。

「んんっ、……あっ、あ……っ」

我ながら堪え性のなさに呆れるが、秀敬にきつく吸われるとたまらなく気持ちいい。

「……あ……」

弾けそうになる前にちゅぷっと音を立てて秀敬の唇が離れてゆき、恭は無意識に不満そうな声を出してしまった。

疼く熱をなんとかやり過ごそうと、もじもじと膝を摺《す》り合わせる。

いつものように足首を摑まれて大きく脚を広げられ、恭は顔を背けた。秀敬の目の前にすべてを晒すような体勢は、恥ずかしくてどうしても慣れることができない。

（これも今日で最後だ……）

濡れたペニスに顔を近づけられ、恭は観念して目を閉じた。

「……？」

秀敬の唇が、予想と違う場所に降りてくる。

小ぶりな玉をぱくりと咥えられ、やわやわと口の中で転がされた。

「あ……っ」

快感が、小波のように広がってゆく。がっちりと押さえつけられた太腿は痛いが、口に含まれた部分はもどかしいくらい丁寧に舐められ、心地いい。

やがてそこを堪能した舌が、這うようにして奥へ移動した。

「――！」

熱い舌に思いがけない場所を舐められ、恭の体が大きく跳ね上がった。

「ちょ、ちょっとっ、なんでそんなとこ……っ」

窄《すぼ》まった穴に軽く舌を突き入れられ、驚愕《きょうがく》する。

十五のときに一度だけ無理やり貫かれた記憶がよみがえり、全身が硬直する。

思い出すのもつらい記憶だ。さすがに秀敬も悪かったと思っているらしく、あれ以来セックスを強要しようとしない。

「ひ……っ、やだ！　気持ち悪い！」

縛られた両手で秀敬の頭を押しやるが、舌はますます深く潜り込んできた。

やがてそこは、唾液《だえき》でくちゅくちゅと淫《みだ》らな音を立て始めた。秀敬にも聞こえているのかと思うと、恥ずかしくてどうにかなってしまいそうだった。

「もうやだ！　やめて！」

ぞくりとするような快感の兆しを感じ取り、恭は叫んだ。

そんなところを舐められているのに、先走りをしとどに溢れさせている自分が信じられない。

ようやく顔を上げた秀敬が、濡れ具合を確かめるように蕾《つぼみ》を指で押し広げた。

あのときと同じだ。秀敬は自分を抱こうとしている——。

「う……うぇっ、やだ……っ」

涙腺《るいせん》が決壊し、情けない嗚咽《おえつ》が漏れる。

秀敬が再び自分を抱くとは思ってもみなかった。最初のときはともかく、女に不自由しない今となっては二度とありえないと思っていた。

「痛い！　痛いってば！」

秀敬の指が入ってくる感触が生々しく伝わってきて、恭は泣きじゃくった。

狭い肛道《こうどう》をかき分け、敏感な粘膜を擦り……。

「ひっ、ああ……っ」

ふいに、奇妙な感覚が訪れた。

さっき舐められたときに感じたものとは違う、もっと官能の芯に触れるような……。

（な、何……？）

しかしそれがなんであるのか考える暇もなく、秀敬が浴衣の前を割って猛々《たけだけ》しく勃起したものを取り出すのが見えて、最後の抵抗をする。

二年前の凌辱《りょうじょく》は、痛さのあまり失神してしまった。

もうあんな思いをするのは嫌だ。

しかし体はがっちりと押さえつけられ、恭にはもう哀願する他ない。

「ひで……秀敬、お願いだからやめて……！」

「恭……！」

秀敬が唸るように小さく呟《つぶや》いた。

熱く濡れた先端が、窄まりに押し当てられる。

「ひ……っ」

思わず恭はぎゅっと目を閉じた。

ひときわ太く張り出した亀頭を含まされる。二年前よりは濡れているものの、狭い器官を無理やり押し広げられて痛くないわけがない。

慣らすようにゆっくりだが、それはじわじわと侵入してきた。

「う、う……痛い……」

ぼろぼろと涙が零れる。いっそ気を失ったほうが楽かもしれない。

「――俺に黙って離れていこうとするからじゃ」

すすり泣く恭を見下ろし、秀敬は一気にそこを貫いた。

指を入れられたときに感じた繊細な快感は、硬くて太いものを入れられた痛みに凌駕《りょうが》される。

凄《すさ》まじい痛みが襲う。

「あぁーっ！」

（痛い……痛い……！）

もう恭に抗う力など残っていなかった。歯を食いしばり、終わりを待つしかない。

（秀敬……どうしてこんなひどいことを……）

きつく閉じた眦《まなじり》から、とめどなく涙が溢れる。

強引な行為は恭から意識を奪いかけたが、最後に体の奥に秀敬の熱い飛沫《ひまつ》がかけられる生々しい感触がはっきりと伝わってきた——。

5

「どうしたの、ふたりとも。喧嘩《けんか》でもしたの？」

心配そうな伯母の声に、恭ははっと我に返った。

「いえ……そんなんじゃないです」

慌てて小さく笑みを浮かべ、否定する。

向かいの席の秀敬は、不機嫌そうに黙りこくっていた。

伯父は仕事、祖父母も近所の会合とかで、夕食の席には伯母と秀敬と恭の三人きりだ。

いつもそれほど会話が弾んでいるわけではないが、人数が少ないとさすがにふたりの間のぎくしゃくした空気がもろに伝わるのだろう。

――一昨日の夏祭りの晩、秀敬に無理やり抱かれた。

翌朝起き上がることができず、昨日は一日風邪《かぜ》気味だと偽って床に臥《ふ》せっていた。

どうしてもシャワーが浴びたくて昼頃風呂場に行き、秀敬の手で中に出されたものが始末されていることを知り、恥ずかしさと同時にやり切れない気持ちになった。

（逆らった俺への罰なら、そんなことせずに放っておけばいいのに……）

時折見せる中途半端な優しさが恭を苦しめる。

なんのかんの言っても、従弟だからだろうか。

思い返してみると、行為自体も無理やりではあったが、十五のときよりは一応の配慮があった。本当に手ひどくするならもっと残酷なやり方もあったはずだ。

（……なんて思うのは買い被りだろうか）

あれが赤の他人なら、絶対に許さない。

秀敬なら許すというわけではないが、途中までの行為は今までもなし崩しに容認してきたことだ。自分にも非がないとは言えない。

本当に嫌だったなら、初めて触られたあの日、断固として拒否すればよかったのだ。

自分もあの行為を利用していた……自分の負担を軽減するために。

（いっそのこと、殺したいほど憎くなるまで踏みにじってくれればよかったのに）

そう思うということは、自分は秀敬をそこまで恨んでいないということなのだろうか。

…………わからない。

恭はただ知りたかった。

――なぜ秀敬は自分を抱いたのか。

強い視線を感じ、顔を上げると秀敬と目が合った。

どちらからともなく、視線はそらされた。

蜩《ひぐらし》が一匹、鳴いている。

そろそろ日が暮れる午後の遅い時間、特徴あるその鳴き声がいつもより感傷的に聞こえ、恭はそばの大きな欅《けやき》の木を見上げた。

地元の書店からぶらぶらぶらと歩いて帰り、いつものように勝手口へ向かう。

そこに思いがけない人物を見つけ、恭は驚いて目を見開いた。

「一敬さん！　どうしたの？」

「おかえり、恭ちゃん。今週ずっと福岡に出張だったんだ」

「あらまあ、ほんまに帰ってきたんなあ。駅から電話もらったときはびっくりしたわ」

出迎えた伯母も目を丸くしている。

「ちょうど土曜だからね。明日は休みだし、せっかくだから部屋の片づけでもしておこうと思って」

土産らしい紙袋を伯母に手渡しながら、一敬は靴を脱いだ。

「前もって連絡してくれりゃあええのに。お父さん、今日は帰り遅いよ」

「いいんだ、親父は。恭ちゃんがどうしてるかなと思って寄っただけだから」

くしゃっと頭を撫でられ、どきりとする。

このところずっと張り詰めていた緊張が、その何気ない言葉でほろりと緩みそうになる。

——互いにかける言葉も見つからないまま、秀敬との冷戦が始まって一週間。

夏期講習に通う秀敬とはほとんど顔を合わせていない。講習が終わったあとも自習室に残って勉強しているらしく、帰りの遅い秀敬とは夕食も別々にとっている。

秀敬に避けられている。そのことが、恭の傷をますます深くしていた。

「秀敬は？」

「予備校の夏期講習。夜には帰ってくるわ。あ、明太子《めんたいこ》？　冷蔵庫に入れとかんとね」

紙袋の中を覗き、伯母は台所へ向かった。

立ち尽くす恭の肩に、一敬の温かな手が置かれる。

「恭ちゃん。秀敬と喧嘩したんだって？」

「え……」

なぜ一敬がそれを知っているのだろう。

青ざめる恭の肩を、一敬はぽんと軽く叩いた。

「一昨日用事があって電話したとき、お袋に聞いたんだよ。なんか喧嘩してるみたいだけど、ふたりとも何も言わないからわからない、こんなときあんたがいてくれたらね、って」

「一敬さん、それでわざわざ帰ってきてくれたの？」

伯母に気を遣わせていたことや、更に一敬まで巻き込んでしまったことが申し訳なくて、恭は項垂《うなだ》れた。

「気にすんなって。弟たちの面倒見るのは兄貴の大切な役目だからな」

一敬は優しい。そのストレートな優しさに、涙が零れそうになる。

「恭ちゃん。上に行こう」

促され、涙を堪えながら恭は玄関脇の大階段を上った。


「原因は恭ちゃんの就職のこと？」

十畳間の障子を閉めながら一敬が静かに尋ねる。

「……うん。俺が黙ってたから……」

「あいつ、前々から恭ちゃんと東京行くつもりだったもんな」

手にしていたスーツの上着をハンガーにかけながら、一敬は苦笑した。

「あいつは恭ちゃんがいつまでも自分を頼ってて、自分が守ってやらなきゃいけないと思い込んでるんだよなあ」

守るというより、支配したがっているようにしか思えない。

けれどそれも、弟のように思っているからこそなのだろうか。

（いや、あれは弟にする行為じゃない）

思い出して赤面する。

赤くなった恭を見て、一敬が何気ない口調で切り出した。

「単刀直入に聞くよ。恭ちゃん、秀敬に何かされたの？」

「え……？」

ぎくりとして顔を上げる。

「もっとはっきり言うとその……何かやらしいことされた？」

言い当てられ、恭は耳まで赤くなった。

どうしてばれてしまったのだろう。

一敬は真摯《しんし》な眼差しで恭を見つめている。否定もできず、さりとて肯定もできずに視線を泳がせる。

「……されたんだな。さり気なく釘《くぎ》は刺してきたつもりなんだけど……」

「……し、知ってたの……？」

一敬に知られていた。恥ずかしくて目の前が真っ暗になる。

「俺が知ってたのは、あいつが恭ちゃんにえらくご執心だってことだけ。初めて会ったときからね」

「……ご執心？　確かに秀敬は俺のこと思い通りに従わせなきゃ気が済まないみたいだけど……」

一敬が声を立てて笑った。

「違うよ恭ちゃん。恭ちゃんに惚れてるってことだよ」

一敬の発言に、恭は目を剝《む》いた。

「それは違うって！　だいたい秀敬には、つき合ってる女がいるんだから！」

「彼女ったって、どうせ取っ替え引っ替えしてるんだろ。本命には告白する勇気がないんだよなあ」

「一敬さん！」

一敬の言葉は信じ難くて、恭は遮るように叫んだ。

「恭ちゃん」

肩に手を置かれ、びくっと震える。

「あいつのこと、許してやってくれとは言わない。でもあいつはきみが思っている以上に子供で、不器用なんだ」

「…………」

「あいつのことだから、どうせ恭ちゃんに何も言わずに手出したんだろう。許す許さないは恭ちゃんが決めることだけど、一度話だけでも聞いてやってくれないか」

――ぽろりと涙が一粒、恭の膝に落ちる。

堰《せき》を切ったようにそれはあとからあとから零れ落ちた。

知りたい――秀敬がなぜあんなことをしたのかを。

肩を抱かれ、恭は一敬の胸にしがみついて声を上げて泣いた。


「なんなんだよ、いったい……」

秀敬が帰宅したのは、夜の十時をまわった頃だった。

一敬の突然の帰省に驚き、更には話があると部屋を訪ねられ、不機嫌を隠さない。

「おまえ、今つき合ってる女いるのか」

「いねえよ」

「ほんとだな?」

「とっくに別れた。受験生だし、そういう面倒なんは当分ええ」

ふてくされた態度で、秀敬は吐き捨てるように答えた。

「恭ちゃんのことはどうなんだ」

秀敬の眉が、ぴくっと吊り上がる。

「……恭に聞いたんか」

ぎろりと一敬を睨みつける。しかしいつになく迫力不足で、視線は戸惑うように揺れていた。

「いや。でも何があったかはだいたい察してるつもりだ」

むっつりと黙り込み、秀敬は目をそらした。

「おまえ、どうするつもりだ」

「どうって……」

普段は大人びた秀敬の眼差しが、力なく宙をさまよう。

「少しは反省してんのか」

「……………」

さすがの秀敬も、この一週間の冷戦が堪《こた》えていたのだろう。いつも対抗心を露にする兄の前で、言葉もなく項垂れる。

「ふん、反省はしてるみたいだな。ちゃんと謝ったのか？」

腕を組み、一敬は自分より背の高い弟を威圧的に見上げた。

「………まだ」

絞り出すように、秀敬が答える。

「ま、おまえは肝心《かんじん》なところで度胸がないからなあ。今回は特別に、俺がお膳立《ぜんだ》てしてやろう。恭ちゃん、入っといで」

そうっと障子の陰から現れた恭に、秀敬が目を剝く。

「なっ……おまえ、ずっとそこにいたんか！」

責めるような口調に、恭の細い肩がびくっと竦む。

「こらこら、そんなこと言ってる場合じゃないだろう。俺に言わせれば、秀敬も恭ちゃんも意地を張りすぎ。どうもお互いに誤解してるようだから、ふたりでよーく話し合え。ここで話し合っておかないと、一生後悔するぞ」

一敬の言うことにも一理ある。

確かに自分は少々意地を張っていたかもしれない。秀敬に、最初からもっと素直な気持ちをぶつけるべきだった。

「じゃ、俺は隣におるから。恭ちゃん、何かされそうになったらすぐ呼ぶんよ」

一敬の軽口に真っ赤になって言い返そうとするが、それよりも前にすとんと障子を閉められてしまった。

「…………」

「…………」

ふたりきりになり、ひどく気まずい空気が流れる。

秀敬がそっぽを向いたまま、畳の上にどさりとあぐらをかいた。

視線を合わせないように、恭も少し離れた場所に膝を抱えて座る。

秀敬の態度は、全身で恭を拒絶しているようにしか見えなかった。自分を好きだとはとても思えなくて、暗澹《あんたん》たる気持ちになる。

しかし黙っていても埒《らち》が明かない。おそるおそる、恭は口を開いた。

「……なんであんなことしたの？」

「……なんでって……」

秀敬が、珍しく困惑したようにちらちらと恭を盗み見る。

「玩具には何しても傷つかないと思ったわけ？」

「なんだと？」

声を荒げ、秀敬が体ごと恭に向き直る。

「そうだろ。違うのかよ？」

恭も負けじと向き直った。この際だから、言いたいことはすべて吐き出すことにする。

「最後だから思う存分使っとこうとか思ったんじゃないのかよ？　おまえってそういうやつだよな」

「そういうやつってどういう意味な！」

激高した秀敬に、Ｔシャツの胸ぐらを掴まれる。よろけた恭はそのまま畳の上に押し倒された。

「やめろよ！　放せ！」

思い切り秀敬の胸を拳《こぶし》で叩く。その拳を封印するように、秀敬がのしかかる。

間近に迫った秀敬のぎらついた目に、無理やり抱かれたときのことを思い出して恭はびくっと震えた。

怯える恭に苛立ったように、秀敬が唇を塞ぐ。

「んっ、うっ」

素早く潜り込んできた舌が恭のそれを搦《から》め捕る。渾身の力で、恭は秀敬を突き飛ばした。

「やめろ！　いつも言ってるだろ！」

肩で息をしながら体を起こし、唇を手の甲で拭って秀敬を睨みつける。

こんなときにまでキスを仕掛けられ、涙が滲んできた。

「……………なんでキスはだめなんだよ」

無様に畳に尻餅をついたまま、秀敬が絞り出すように呟いた。

そろりと片膝を立て、背けた横顔は、まるで叱《しか》られた子供のように頼りない。

「なんでって……当たり前だろ。こういうことは本当に好きな人とすることだろ」

遊びには持ち込まないで欲しい。そうしないと、この行為の意味が曖昧になってしまうから……。

しばらく、ふたりとも黙って畳の目を見つめる。

「…………なんで俺が女とつき合っても長続きせんか教えてやろうか」

顔を横に向けたまま、秀敬がぽつりと呟く。

いったい何を言い出したのか、どうして今そんな話をするのかわからなくて、恭は黙って無視した。

「キス、しねえからだよ」

「…………」

だからなんだと言うのだろう。秀敬が彼女たちとどういうつき合い方をしようが知ったことではないし、知りたくもない。

反応のない恭に焦れたのか、秀敬が苛立ったように恭に向き直った。

「俺だって、キスは本当に好きなやつにしかしねえよ！」

切れ気味に言われて、恭はきょとんとした。

心なしか、秀敬の耳が赤く染まっているような気がする。というか、秀敬のこんな表情は初めて見た。

「聞いとんのか」

「……え……？」

秀敬に問われて、慌てて恭は先ほどの言葉の意味を考えた。

キスは本当に好きな人としかしない――そう言っていたような気がする。

だけどそれは、先ほど恭が言ったセリフだ。

（好きな人としかしないから……だから彼女としなかった？）

だったら、自分にしていたあれはなんなのだろう……。

「――!?」

それが秀敬なりの告白だと気づいた途端、顔から火が噴き出した。

（――え？　ええっ？　それって……そういうこと？）

けれどすぐには信じ難くて、何度も頭の中で考え直す。

自分が都合よく解釈しているだけなのではないか。あるいは聞き間違いではないか。

呆然と固まっていると、焦れたように秀敬がにじり寄ってきた。

「なんか言えよ……！」

飛びかかるように秀敬に肩を摑まれ、畳の上に押し倒される。

「ちょ、ちょっと、ん、んん……っ」

乱暴に唇を塞がれ、恭は目を見開いた。

大きな手でがっちり両頬を包み込まれ、くちゅっと濡れた音を立てて口腔内を舐められる。

これはキスだ――少々乱暴だが、間違いなくキスだ。

恭の両手は自由だが、固まってしまったかのように動かなかった。まるで夢でも見ているかのように現実感がない。

「……そんな無抵抗でええんか」

ねっとりと糸を引いて唇が離れ、秀敬の射《い》るような目が恭の潤んだ目を覗き込む。

Tシャツの裾から侵入した手に脇腹を撫で上げられ、恭ははっと我に返った。

「な、何言って……おまえ、逆らうなって脅したくせに……っ！」

まだ信じられなくて、恭は秀敬を睨みつけた。

胸をまさぐる手を振り払おうとすると、ぎゅっと抱き締められる。

「………あんなこと、言うつもりじゃなかった」

恭の胸に顔を埋《うず》め、秀敬がくぐもった声で呟く。

「……え？」

「おまえに触りたくて……でもおまえが嫌がるから、ついあんなこと言うてしまった」

胸に直に響く秀敬の声は、泣き出すのではないかと思うほど震えている。

——あいつはきみが思ってる以上に子供で不器用なんだ。

一敬の言葉が脳裏に浮かぶ。

胸にしがみつく秀敬の頭を、恭は不思議な思いで見下ろした。

「言うこと聞くようになったけど、おまえはいつも諦めたように投げやりだった。そんなふうに従わせたかったわけじゃない。でも俺も、どうしたらいいかわからんかった……」

秀敬の腕に力が込められ、ますます恭の体を強く抱き締める。

「女とつき合うようになったんも、最初はおまえの気を引きたかったからだと思う。妬《や》いてくれるんじゃねえかと思ってた。でもおまえはますます俺のこと嫌うし……」

「……そういうこと、ちゃんと話そうとか思わなかったのかよ？」

思った以上に秀敬がガキっぽいことに少々呆れつつ、恭はその広い背中にそっと手をまわした。

「おまえ、俺のこと嫌がっとったから。はっきり拒絶されるくらいなら、脅してでも触りたかった」

「あのなあ……」

ため息をつき、恭は上半身を起こした。

胸の上の秀敬が少しずり落ちたが、秀敬は離すまいとするように縋りついてきた。

「そうだよ。すっごく嫌だった。嫌で嫌で、だからこの家出ていきたかった」

秀敬が、ますます強くしがみつく。

「なんでそんなに嫌だったかわかる？　おまえが俺のこと玩具か道具みたいに扱ってるって思ってたからだよ。キスだって……これは秀敬にとっては遊びのひとつだと思うとやり切れなかった」

意を決し、恭は今の素直な気持ちを言葉にすることにした。

「キスされるのが嫌だったのは……勘違いしそうになるから」

自分の気持ちに気づかないふりをしていたのかもしれない。

意地は悪いしひどいこともされたけれど、でもどうしようもなく惹かれている。

キスを拒否しながらも、本当はキスされるのを待っていた——遊びではない、本当のキスを。

「おまえが俺のこと……玩具じゃなくて、ひとりの人間として必要としてくれてるんじゃないかって……」

恭の頬にぽろっと涙が零れ落ちた。

「必要だって言ったらそばにいてくれるんか」

がばっと顔を上げ、身を乗り出した秀敬に肩を摑まれる。

さっきまでのしおらしさはどこへやら、いつのまにか形勢が逆転していることを知り、慌てて恭は涙を拭おうとした。

その手を握られ、ぺろりと目尻を舐められる。

「ひゃっ！」

キスだか舐めまわされているのだか、顔中に秀敬の唇が押し当てられる。

「ちょっと待って！　や、やだっ」

性急にTシャツを捲り上げられ、つんと尖った乳首にむしゃぶりつかれる。

「ん……、あ、あっ」

たまらず秀敬の首に腕をまわしたそのとき。

すっと障子が開いて、恭はぎくりとした。

「きみたち。仲直りしたのはいいけど、それ以上の行為に及ぶのなら他でやってくれないかな」

「わああ！」

にこやかに見下ろす一敬の姿に、思わず恭は叫んでしまった。

（一敬さんがいるの忘れてた……！）

ぼぼっと全身の肌が赤く染まる。ずっと聞かれていたのかと思うと、恥ずかしくて目眩《めまい》がしてきた。

「恭、おまえの部屋に行くぞ」

「え、うわ……っ」

いきなり秀敬に抱き上げられ、肩に担ぎ上げられる。

「おい、無茶すんなよ」

からかってはみたものの、心配になったのだろう。秀敬の勢いに眉をひそめた一敬が目の端に映る。

慌てて恭は、秀敬の背中に顔を隠した。下ろしてと言いたいが、恭の体はもう一敬に見られると恥ずかしい状態になりつつある。

（うっ！）

秀敬に尻を摑まれ、すんでのところで悲鳴を堪える。

「恭ちゃん、また何か困ったことあったらいつでも相談してね」

一敬に、ちゃんとお礼を言いたい。けれど恭は、返事をすることもままならなかった。

「信じらんない！　こ、こういうことして楽しいわけ？」

下着を濡らしてしまった恭は、半泣きで叫んだ。

担ぎ上げた肩に当たる恭の高ぶった状態に、秀敬は「出そうか？　我慢せんでええぞ」と囁いた。秀敬の肩から伝わる振動と、いやらしく尻を揉む手のせいで……自室にたどり着く前に粗相してしまった。

口は動くが体は動かず、布団の上にへたり込んだまま秀敬にTシャツを脱がされる。

「前から思ってたけど、秀敬って変！　俺はそういうの……うわっ」

明々とした照明の下で、下着ごとズボンを下ろされる。白い蜜《みつ》でじっとりと濡れそぼったペニスが露になり、恭は言葉もなく身悶えた。

「いっぱい出たな。いつもより濃い……」

「……っ！」

いそいそと顔を近づけた秀敬に味見されそうになって、恭は思い切りその頭を叩いた。

「……ってーな。なんだよ」

不満そうに、秀敬が顔を上げる。

「こ、これじゃ今までと変わんない！」

遊びの続きのようで、なんだか心配になってくる。先ほどの言葉は、本当に本当の本心なのだろうか。

「じゃあこないだみたいにするか？」

答える間もなく唇を塞がれる。

もがいている間にも秀敬の手は無遠慮に尻をまさぐり、割れ目へと侵入してきた。

「ん……や、やだ」

強引で性急なその手つきに、無理やり抱かれたときのことを思い出して怖くなる。

がっちりした肩を押し返すと、秀敬は手を止めて恭の顔を覗き込んだ。

「怖いか」

問いかけられて、正直に頷く。秀敬のことは好きだと思うけど、あの行為はまだ怖い。

「……悪かった。俺もその……あれは暴走してしまって反省しとる」

ゆっくりと抱き締められ、恭は少しずつ落ち着きを取り戻した。

こうやって抱き締められるのは好きだ。秀敬の温《ぬく》もりに包み込まれていると、秀敬のことを信じようという気持ちになれる。

「おまえの嫌がることはしない。もうあんなふうに無理やりはしない。だけど……」

言いながら秀敬は恭の腰を抱き寄せ、ジーンズの股間《こかん》を押しつけてきた。

「……っ」

そこはもうすっかり硬くなり、力強く布地を突き上げていた。

蜜に濡れたペニスが秀敬の高ぶりに触れて、恭は小さく声を上げた。

「だ、だめ、汚れるってば」

先ほど放ったもので、秀敬のジーンズを濡らしてしまう。赤くなって、恭は秀敬の腕から逃れようともがいた。

「構わん」

抵抗する恭を、秀敬はますます強く抱き締める。

布越しの逞しい牡《おす》の感触に、蜜を漏らしたばかりの恭のペニスも再び勃ち上がる。

「痛っ」

敏感な粘膜が硬い布地に擦られて、恭は顔をしかめた。

恭を抱き締める腕を少し緩め、秀敬がジーンズのファスナーをゆっくりと下ろしてゆく。

「あ……」

大きく張り出した亀頭が、下着からはみ出して濡れていた。

秀敬が、恭に見せつけるように太い茎を掴んで露出させる。

直に性器を重ねられ、恭は吐息《といき》を漏らした。

セックスは怖いけれど、その感触に、確かに恭も感じていた。

秀敬に触って欲しい……秀敬に触りたい。

「……結局、今までと変わらないってこと？」

しかしなかなか素直になれなくて、拗《す》ねたように恭は呟いた。

「違う」

ぎゅうっと抱き締められ、初めてのキスのときのように優しく唇を重ねられる。

唇に、じわっととろけるような熱が広がってゆく。

ゆっくりと秀敬の舌が唇を割った。いつもよりも焦らすように舌を搦め捕られ、恭は初めておずおずとそれに応えた。

「ん……」

息苦しさに吐息を漏らしながらも、だんだん熱っぽくなる秀敬の舌の感触に体が痺《しび》れてくる。口の端から唾液が溢れたが、それでも構わず貪り合った。

激しいけれど、優しいキス。優しいけれど、官能的なキス。

「……こういうの、初めてだね」

ほんの少し唇が離れ、恭はうっとりと目を閉じたまま呟いた。

「そうだな。おまえ、起きとるときはさんざん抵抗しとったけんな」

「…………起きてるときは？」

秀敬の言葉に引っかかるものを感じて、恭はぱちっと目を開いた。

間近で自分を覗き込む秀敬の目が笑っている。

「おまえ、時々俺が部屋に行っても気づかず眠りこけてたことあったぞ」

「な……っ！」

思わず振り上げた手を、秀敬の大きな手が包み込む。

「おまっ、人が寝てるときに……っ」

勝手に何してたんだよと続けたかったのだが、残りはさっきよりもやや強引な秀敬の唇に塞がれて、言葉にならなかった。

「……ん、んっ」

しがみつくように、秀敬の背中に手をまわす。

Tシャツの上からではなく直に熱を感じたくて、恭は秀敬のTシャツの裾を捲り上げた。恭の意図を察し、秀敬がキスを中断してTシャツを脱ぎ捨てる。ついでにジーンズと下着も乱暴に脱ぎ、互いに裸になった。

「あっ」

布団の上に押し倒され、秀敬の唇が乳首にむしゃぶりつく。

電流が走ったような衝撃に、恭は背中を弓なりに反らせた。

「や、やだ……っ」

敏感なそこが、いつも以上に感じやすくなっている。乳首を吸われただけでまた漏らしてしまいそうで、恭はいやいやするように首を振った。

秀敬が顔を上げる。

「嫌か？」

「…………」

嫌ではない。感じすぎてつらいだけだ。

どう答えていいのかわからず、潤んだ目で秀敬を見上げる。

秀敬の指が、答えを促すようにきゅっと乳首をつまんだ。

「あ、そ、そんなにしたらまた……っ」

乳首をつままれ、先走りが溢れてしまうのがわかった。

そしてそれは秀敬にも伝わったようだ。

「うわっ」

秀敬が、恭の足首を持って大きく脚を広げさせる。とろとろと蜜を零すペニスが、秀敬の視線に晒される。

──無理やり犯されたときと同じ体勢だ。

しかし、秀敬と気持ちを確かめ合った今、もう恐怖は感じなかった。

それどころか、秀敬の視線を感じて尻の奥の小さな穴が疼き始めている。

「……いいか」

恭の目を見つめ、秀敬が掠れた声で尋ねる。

恭も秀敬の目を見つめ、こくりと頷いた。

「あ……」

ますます大きく脚を広げられて、恭は恥ずかしさに顔を背けた。

「あっ、ちょ、ちょっと待って！」

小さく窄まった蕾の周囲を舐められ、恭は脚をばたつかせた。

そこを舐められるのはやはり抵抗がある。

「なんだ？」

恭の股間に顔を埋めたまま、秀敬が目線だけ上げて怪訝《けげん》そうに問う。

「舐めるのは……やだ」

消え入りそうな声で訴えると、秀敬は不満そうに顔をしかめた。

「濡らさんと痛いぞ」

「それはそうだけど……」

世の中の男同士のカップルは、皆こういうことをしているのだろうか。他にも方法がありそうなものだが、男同士のセックスの知識をあまり持ち合わせていない恭にはわからなかった。

「ひゃっ」

再び熱い舌を這わされ、恭はびくっと震えた。

「や、やっぱりやだ！　舐めなくていいから！」

「濡らして広げんと入らん」

直截《ちょくさい》な物言いになんと言い返していいか迷っていると、秀敬がちゅっと音を立てて太腿の内側にキスをした。

「そのうち慣れる」

「あんっ」

舌を入れられ、思いがけず甘い声が出てしまう。

無理やりされたときよりも、そこは素直に秀敬の舌を受け入れた。

じわっと熱が広がり、舐められている部分だけでなく、ペニスまでもがとろけそうな快感に包まれる。

「……んっ」

柔らかくほぐれた窄まりに、秀敬の指が入ってくるのがわかる。

「ああっ」

舐めながら指の腹で中をまさぐられ、恭はぴゅっと透明な蜜を零した。

（もういっちゃう……！）

恥ずかしくて口にできないが、二度目の射精が近い。

恭の状態に気づいたのか、秀敬が体を起こした。

先走りで濡れた太い亀頭を、恭の柔らかくほぐれた穴に押し当てる。

「あ……」

先端を軽く含まされ、恭は思わずそこに力を入れてしまった。

「力、抜け」

「う、うん……」

秀敬が、宥めるようにゆるゆると腰を動かす。

秀敬に舐められてぐっしょり濡れた穴が、くちゅくちゅとはしたない音を立てた。

浅い部分を擦られ、体温が急速に上がってゆく。

恭の桜色に染まった頬を見下ろし、秀敬がぐいと腰を進めた。

「あんっ」

硬くて太い牡が入ってくる。

時間をかけてほぐされたそこは、痛みは多少あるものの、狭い場所を押し広げられる快感のほうが勝っていた。

(……なんか……すごい……)

秀敬の形が生々しく伝わってきて、背筋がぞくぞくする。

大きく笠を広げた亀頭、段差のある雁《かり》、血管の浮いた太い茎——これまでのセックスでは何がなんだかわからなかったが、今は自分の中にあるものの形や質感がはっきりとわかる。

「痛くないか」

秀敬の心配そうな問いに、恭は焦点の合わない目でがくがくと頷いた。

もう痛くない。

それよりも、中が疼いてつらいから早く擦って欲しい。

もっと奥まで、秀敬の太くて硬いもので突いて欲しい。

けれどそんなはしたないことは言えなくて、恭は手を伸ばしてぎゅっと秀敬の首にしがみついた。

「恭……！」

恭を傷つけないように欲望を抑えていた秀敬が、恭をしっかりと抱き締める。

「ああっ」

その拍子により深く繋がり……恭は激しく身悶えた。

前にしたときとは明らかに違う反応に、秀敬も気づいたのだろう。更に深く、中へ押し入ってくる。

「ん、あっ、ああっ」

声が抑えられなかった。

秀敬の体にしがみつき、どうにかなってしまいそうな快感に身を委ねる。

「恭……っ、気持ちいいか」

「う、うん、あっ、ああーっ」

――一瞬頭が真っ白になり、一拍置いて自分が達したことを知る。

それは初めて体験するような、目もくらむような射精だった。

腰の辺りが痺れたように、快感の波が持続している。

繋がった場所が、ひくひくとうごめいているのがわかる。

「あ、あんっ、秀敬あ……っ」

恭の痴態に煽られたように、秀敬が激しく抽挿《ちゅうそう》しながら中に射精した。

奥で、熱い飛沫がほとばしるのがはっきりと伝わってきた。

セックスが、こんなに気持ちいいものだとは知らなかった。

好きな相手と交わることの充実感に満たされ……恭は幸福な余韻を味わった。

6

「おーい、日下部」

——夏休み中盤の登校日。

廊下の向こうから呼ぶ声に恭は振り返った。走り寄ってきたのは、就職説明会で一緒になった市川だ。

「おまえ、進学に変更したんじゃって?」

「え?」

驚いて、恭は市川を見上げた。

確かに、秀敬とのわだかまりが解消し、意地を張り続ける理由はなくなった。が、周囲を巻き込んだ以上、即進路の変更というわけにはいかない。

「秀敬に聞いたで。やっぱり一緒に東京の大学受けるんじゃってな」

「秀敬が?」

また勝手にそんなことを言っているのか。

『恭、一緒に東京に行こう。俺もここだけじゃなくて、外の世界が見てみたい』

仲直りしたあの夜、恭の髪を撫でながら秀敬はそう言っていた。

しかし恭は、進学するとは一言も言ってない。

（そりゃまあ、伯父さんと一敬さんにも考え直すよう説得されたけど……）

翌朝、秀敬の腕の中で目を覚ましたときには、一敬はとっくに家を出たあとだった。

電話をかけて礼を言ったが、しどろもどろになってしまった。一敬も秀敬も一向に気にしていないようだが、恭の繊細な神経では恥ずかしくて当分顔を合わせられそうにない。

「やっぱ同じ大学受けるんか。おまえらってほんと仲いいよなあ」

「な、何言って……違うよ」

「何が違うんな」

「うわっ！」

いつのまにか背後に忍び寄っていた秀敬の声に、恭は飛び上がった。

「秀敬、俺、進路変更するなんて言ってないだろ。勝手なこと言うなよ」

さっそく突っかかったが、秀敬はしれっと市川に向き直った。

「こいつ、意地になっとるんよ。言い出した手前、引っ込みつかんだけ」

図星を指され、恭は少々むっとした。

「だいたいおまえ、就職のための準備とか全然してねえだろ。市川は去年からちゃんと公務員試験の勉強しとったんで」

「え……そうなんだ……」

痛いところを突かれて、口ごもる。確かに学校で渡された資料に目を通した程度で、まだ具体的にどこを受けるかも決めていない。

「市川はもう二次試験終わったんよな」

「うん、一応一般企業も受けるけどな」

「………」

「ま、よう考えてみるんじゃな。まだ夏休みだし」

ぽんと恭の背中を叩いた秀敬の顔には余裕の笑みが浮かんでいる。

（う……なんでもかんでもおまえの思い通りになると思うなよ……）

歯軋《はぎし》りし、秀敬の横顔を睨みつける。しかし想いが通じ合ってからというもの、どうも分が悪いような気がする。

今度のことでよくわかったが、秀敬はかなり自分勝手でわがままだ。恭は自分のことを強情だと自覚していたが、秀敬に比べれば可愛いものだ。

強引な男に、流されそうな予感がする。

（うう……シャクだ……シャクだけど……）

せめてもの反撃に、さり気なく腰に触れようとした不埒な手を思い切りはたき落としてやった。

東京の夜に

――月明かりに照らされた、五月半ばの夜。

空気はほんのりと湿度をはらみ、やがて来る梅雨《つゆ》の気配を漂わせている。

ソファの上で寝返りを打ち、日下部秀敬《くさかべひでたか》は仰向《あおむ》けになって天井を見上げた。

故郷の北郷《ほくごう》では、そろそろ時鳥《ほととぎす》が鳴いている頃だろう。独特の低い鳴き声を思い出し、同時に日下部邸での夜が脳裏によみがえる。

高校時代、深夜に従弟《いとこ》の部屋に忍んでいったときの背徳感……そして罪悪感。いけないことだと思いつつもやめられず、従弟に拒絶されるのが怖くて素直に気持ちを打ち明けられなかった日々。

だがそれも、すべて終わったことだ。

目を閉じて、愛《いと》しい恋人の姿を思い浮かべる。

日下部恭《きょう》――同い年の従弟。想い続けてようやく手に入れた、最愛の伴侶《はんりょ》。

この春秀敬と恭は、大学進学を機に上京した。秀敬は第一志望の国立大学法学部に、恭は都立大学の教養学部に合格し、都内のマンションで同居を始めて一ヶ月あまり。

同居ではなく同棲だと言いたいところだが、自分も恭もまだ未成年で、親に大学に通わせてもらっている身だ。堂々と同棲と言えるのは、卒業して自立し、自分の稼ぎで家賃を払えるようになってからだろう。

今月、秀敬は十九歳の誕生日を迎えた。

成人まであと一年。二十歳になったら、恭との関係を両親に打ち明けるつもりでいる。

本当は、高校を卒業したときに言うつもりだった。しかし恭がまだ心の準備ができていないと言うので保留にしてある。

『ええ……っ、伯父《おじ》さんと伯母《おば》さんに言うの？』

『言わんわけにはいかんじゃろ』

『そうだけど……』

言い淀んだ恭を見て、秀敬は遅まきながらこれが自分ひとりの問題ではなく、恭とふたりで話し合うべき問題だということに気づいた。

自分ひとりの問題なら、さっさと打ち明けて楽になろうとしただろう。

けれど、恭には秀敬の両親に対する遠慮や負い目がある。

ふたりでよく話し合った結果、話すのは一年後と決めた。

（うちの両親は頭ごなしに反対はしない……多分）

恭にも話したのだが、父方の叔父のひとりは同性愛者だ。二十年前にカミングアウトしたときは親戚中大騒ぎになったらしいが、そのうち黙認され、今は仕事で渡米した先でパートナーとともに暮らしている。

両親とも、彼の意思を尊重する立場を取っている。内心どう思っているかはわからないが、少なくとも叔父を非難するような言葉は一度も口にしたことはない。

祖父母は古い世代なので多分困惑し、反対するだろう。けれど、なんと言われようと――たとえ縁を切られるようなことがあっても、自分は恭との関係を貫く覚悟ができている。

「秀敬……？」

風呂から上がってきた恭が、リビングの入口で呟《つぶや》く。

物思いに耽《ふけ》っていた秀敬は、その声にはっとして目を開けた。

「ここだ」

手を挙げてひらひらと振り、恭に自分の居所を知らせる。

「またソファで寝てる」

ソファの前にまわりこんで、恭が苦笑する。

今夜の寝間着は、白地に紺の幾何学《きかがく》模様の浴衣《ゆかた》姿だ。上京してからも、恭は祖母お手製の浴衣を愛用している。

ソファに仰向けに寝たまま、秀敬は恭の顔を見上げた。

風呂上がりの上気した肌《はだ》が、たまらなく色っぽい。ボディソープの香りに誘われるように、秀敬は手を伸ばして恭の手首を摑《つか》んだ。

「寝とらん。起きとる」

言いながら体を起こし、恭を引き寄せて隣に座らせる。

「秀敬ってほんとソファに寝そべるの好きだよね。ちゃんと座ってるところ、見たことない」

「なんせソファのある生活なんて初めてじゃけえな」

湿り気を帯びた髪を撫《な》で、頬《ほお》にキスする。

恭がくすぐったそうに首を竦《すく》め、その仕草に秀敬は息を荒げた。

浴衣の襟元《えりもと》を広げ、鎖骨に唇を這《は》わせる。浴衣の上から胸をまさぐると、恭が艶《つや》めいた声を上げて身をよじった。

「や……っ」

「今夜はしてもええんじゃろ？」

耳元で囁《ささや》くと、形のいい耳が真っ赤に染まる。

その初々しい反応に興奮し、秀敬は恭の耳を甘嚙《あまが》みした。

「ベッドに行こう」

「…………ん」

恭が頬を染め、小さく返事をする。

待ちきれなくて、秀敬は強引に恭の体を抱き上げた。

「ん……っ、も、もう無理だって……っ」

腕の中で、恭が密やかな喘《あえ》ぎ声を漏《も》らす。

体を起こして、秀敬は荒い息を吐いた。

上気した頬、妖しく蠢《うごめ》くなまめかしい裸身……潤んだ瞳で見上げられ、体の芯がじんと熱く痺れる。

「……わかった。今夜はもうせん」

恭を安心させるように、口元に微笑を浮かべてみせる。

金曜日の夜だからといって、調子に乗りすぎたようだ。三度目に挑むのは少々やり過ぎだったかと反省し、恭の瞼《まぶた》に軽く口づける。

「………っ」

瞼や目尻にキスをくり返していると、恭がため息のような吐息を漏らした。

甘い吐息に喉仏《のどぼとけ》をくすぐられ、収まりかけていた官能が再び熱をはらみ始める。

(……だめだ)

大事な恋人に無理はさせたくない。

しつこくしすぎて、嫌われたくない。

そう思うのに、若い牡《おす》の体は持ち主の意思を裏切ってどんどん高ぶっていく。

「秀敬……っ」

欲情の兆《きざ》しに気づいたのだろう。恭が抗議するように声を上げ、逃れようと身をよじる。

ここでやめなくては。

そう自分に言い聞かせるが、どうにも離れがたい気分だった。

まったく、どうかしている。一緒に住んで毎晩同衾し、週に三回以上は交わっているというのに……。

（……セックスはまた明日すればいい。土日はずっと一緒にいられる）

それでも名残《なごり》惜しくて、秀敬は恭の体に覆い被さって抱き締めた。

「……ん……っ」

押し殺した吐息が、秀敬の耳をくすぐる。

自分がどれだけ恋人を煽《あお》っているのか、恭はわかっているのだろうか。

「秀敬……重いよ」

「じゃあおまえが俺の上に乗るか？」

「もう離して」

「嫌だ」

駄々をこねて、恭を抱き締めたままごろりと寝返りを打つ。

セックスがだめなら、せめてこうしてくっついていたい。恭の体温が心地よくて、この温もりを手放すなどできそうになかった。

攻防の末、背後から恭を抱き締める格好で横になり、うなじに顔を埋《うず》める。

「……明日は何時に家出る？」

興奮を抑えようと、秀敬は敢えて何げなく切り出した。

明日は一緒に目黒《めぐろ》に行くことになっている。恭が小学校から中学の途中まで過ごした場所を、ふたりで訪ねることにしたのだ。

「……昼頃でいいんじゃない？」

「じゃあどっか外で昼飯食うか」

「……うん」

普通の会話を交わしても、興奮は収まらなかった。

それどころか、小さく引き締まった尻の感触に、ますます欲望が募っていく。

「……っ」

硬くなった性器を押しつけると、恭の細い体がびくっと震えた。

先ほどまでぐったりしていた体が、再び熱を帯び始めている。柔らかな乳首が凝《しこ》って肉粒を作り、脚の間で初々しいペニスがほんのりと頭をもたげ……。

恭の体の変化に気づいた秀敬は、くすりと笑って耳たぶに唇を寄せた。

「まだ物足りんか？」

物足りなく思っているのは自分のほうだが、わざとそう尋ねる。

「ち、ちが……っ」

「だけどここ、硬くなってるよな？」

腰に手をまわし、右手で乳首を、左手でペニスをまさぐる。

「それは……秀敬が、押しつけてくるから……っ」

「押しつけるって、何を？」

言いながら、秀敬は完全に勃起《ぼっき》したものを恭の尻の割れ目に擦《こす》りつけた。

「……もう……っ」

抗議の声が、甘く掠《かす》れている。

相変わらず初《うぶ》で奥手だが、恭も若い男だ。それに、いったん火のついた欲望を静められるほど器用でもない。

「これが欲しいんじゃろ？」

声を上擦らせて、秀敬は恭の太腿《ふともも》の間に勃起を突き入れた。

「……っ」

恭が怯えたように息を呑《の》む気配がして、はっと我に返る。

……しまった。調子に乗りすぎたようだ。

想いが通じ合ったとき、今後はこういう無理強いや意地悪な物言いはやめようと決めたはずなのに、恭を目の前にするとついついたがが外れてしまう。

「……悪りい。もうちょっとだけつき合ってくれ」

小さく息を吐いて、秀敬は安心させるように優しく恭の体を抱き締めた。

「……ほんとに、もう無理……」

恭が心底困ったような声を出す。

以前の恭だったら、きっぱりと突っぱねていただろう。

それも当然のことだ。本当の気持ちを打ち明けて拒絶されるのが怖くて、秀敬は長い間恭に無体なことをしていたのだから。

恋人同士になってから、秀敬も恭も互いへの接し方が変わった。

秀敬は恭に優しくしようと努め、恭は秀敬のわがままを受けとめようと努力している。

困りつつも邪険に振り払おうとしない恭が愛おしくて、秀敬は恭のうなじに口づけをくり返した。

「わかっとる。もう入れん。そのかわり……」

言いながら、恭の太腿の間に挟んだペニスをゆるゆると動かす。

「えっ？　ちょ、ちょっと、何する気？」

恭が焦ったように首だけ振り返る。

「素股」

「すまた？　何それ」

恭の反応に、秀敬はにやりと笑みを浮かべた。

「知らんのか。セックスの代わりに、こうやって股に挟んでやるんじゃ」

「やだっ、変なことしないでよ……っ」

「これなら別に痛くないじゃろ」

「そうだけど……、ひあっ！」

後ろから陰嚢《いんのう》をつつくと、恭が驚いたように首を竦めた。背中を丸める仕草は、拒絶ではなく快感に耐えようとしている印だ。

息を荒げ、秀敬は恭の腰を摑んだ。背後から繫がるときのように、恭のすべすべして引き締まった内股に己の屹立《きつりつ》を抜き差しする。

「秀敬……っ、ん、あ、あ……っ」

やがて恭の声が、甘くとろけ始める。

恭の声に煽られて、秀敬の興奮も高まっていく。

互いの熱を分け合いながら、秀敬と恭はともに高みに上り詰めていった——。

◇◇◇

中目黒《なかめぐろ》駅は、思っていたよりもずっと都心に近い場所にあった。

秀敬が恭と暮らしているマンションは八王子《はちおうじ》にある。秀敬は中央《ちゅうおう》線で国立《くにたち》のキャンパスへ、恭はバスで南大沢《みなみおおさわ》にあるキャンパスに通っており、上京したといっても郊外での生活が中心だ。

「渋谷《しぶや》まですぐなんじゃな」

扉の上の路線図を見上げ、秀敬は隣に立つ恭に話しかけた。

「うん。だけど用事がない限り、滅多に行かなかった。人混み苦手だし……」

恭が顔を上げ、かすかに眉根《まゆね》を寄せる。

東京生まれ東京育ちなので人混みには慣れているのかと思いきや、恭は雑踏を歩いたり電車に乗ったりする際、岡山から出てきたばかりの秀敬以上にまごつく。

訊けば、ひとりで電車に乗るのを母親に禁じられていたらしい。自宅マンションと学校の往復に加え、徒歩圏内にある公園や図書館で充分満足していたという。

（まあ子供のときはそんなもんか。俺も中学に上がるまで、北郷から滅多に出んかったし）

土曜日の午後、東横線《とうよこ》はかなり混み合っていた。湿度の高い空気、香水や体臭が入り混じった匂い、ヘッドフォンから漏れる音楽や耳障りな笑い声……ラッシュ並みに混雑した電車には、不快な要素が充満している。

北郷にいた頃も電車通学をしていたが、東京の混雑ぶりは比べものにならない。

一年生のうちになるべくたくさん単位を取っておきたくて、秀敬は月曜日から金曜日まで一限から講義を詰め込んだ。その結果、東京生活の第一歩として、まず満員電車の手厳しい洗礼を受ける羽目になってしまった。格好悪くて恭には話していないが、四月に二度、国立駅で降りそびれて遅刻した。以来早めに家を出ることにしているが、いまだに降りるタイミングを逃しそうになることがある。

兄の一敬《かずたか》も交えて住む場所を検討した際、恭が電車で大学に通える駅も候補に上がった。しかし極力恭をひとりで電車に乗せたくなくて、秀敬はその案に反対した。

高校時代、恭は通学電車で他校の男子生徒に言い寄られたことがある。上京することが決まってから問い質《ただ》すと、東京に住んでいたときにも何度か電車で痴漢に遭ったことがあるらしい。

幸い恭も、電車よりバスがいいと言って秀敬の案に賛成してくれた。

(こんな色っぽくて無防備なのがひとりで満員電車なんか乗ったら、あっという間に痴漢の餌食《えじき》じゃ)

シャツの襟からちらりと覗《のぞ》く白いうなじを見下ろし、秀敬はふうっと息をついた。

跡をつけるなと言われているのでセーブしたが、本当はべったりキスマークをつけておきたいところだ。こいつは俺のものだ、手を出すな、と。

表面上は気にしていないふうを装いつつ、秀敬は別の大学に通う恭のことが心配でたまらない。どんな友人とつき合っているのか、友人たちにどんな目で見られているのか……。

心配しすぎだという自覚はあるが、恭のこととなると冷静ではいられない。

入学してまず、サークルのことで少々揉《も》めてしまった。恭がバスケットボールの同好会に入りたいと言い出し、秀敬が猛反対したのだ。

『やめとけ。大学の同好会なんて、どうせ飲み会ばっかりじゃ』

『なんでわかるの？　入ってみなきゃわからないじゃない』

『兄貴の忠告、忘れたんか？』

飲み会も含め、サークル活動がコミュニケーションスキルを育《はぐく》む場であることは否定しない。けれど恭も自分も、この四年間は何より勉強を優先させようと話し合ったばかりだ。秀敬は司法試験を目指して法科大学院まで進む予定だし、恭は教員試験を受けるつもりでいる。父や兄からも、周囲に流されてサークルやアルバイトにうつつを抜かさないようにと釘《くぎ》を刺されている。

実を言うと体育会の剣道部から誘いもあったのだが、秀敬は丁重に断った。剣道を続けたい気持ちはあるので、大学生活に慣れたら恩師に紹介してもらった道場に通うつもりだ。

『心配しなくても、サークルに入り浸りになったりしないよ。週に一、二回、息抜きに運動するくらいいいじゃない』

『運動したいだけなら、駅前のスポーツジムに通えばええ』

『そんな、俺だって、大学で友達作りたいし……』

――結局話し合いは平行線のままで、秀敬は同好会の新入生歓迎コンパに無理やりついていった。他大学の学生も受け入れているサークルだが、従弟にくっついてきた男は初めてだったようで、自己紹介をすると皆怪訝《けげん》そうな顔をしていた。

『いいか？　おまえがあのサークルに入るって言うなら俺も入る』

『いいよもう……なんかノリも合わなかったし』

騒々しいだけのコンパに、恭も同好会に入る気をなくしたらしい。従兄の監視つきというのが嫌なのかもしれないが、その点について秀敬は譲る気はなかった。

恭ももう子供ではない。あまり干渉しすぎると疎《うと》ましく思われてしまう。

けれど、これまでのことを考えると口出しせずにはいられない――。

「……っ」

カーブで電車が揺れて、秀敬は我に返った。

気のせいか、恭の背後に立っているサラリーマン風の男が先ほどよりも距離を詰めてきているような気がする。

恭と背後の男の間を遮るように、秀敬は手を伸ばして手すりを摑んだ。

秀敬の威嚇《いかく》するような眼差《まなざ》しに、男がおどおどと目をそらす。

（……まったく。本人全然気づいとらんし）

やはり自分がしっかり見張って守らなくては。

決意を新たにして、秀敬は恭の横顔をじっと見つめた。

「おまえが言ってた目黒川ってこれか？」

中目黒駅で降りて青葉台《あおばだい》の方向へ向かいながら、秀敬は眉をひそめた。

「言いたいことはわかるよ。秀敬から見たら、これは川じゃなくて大きな用水路だよね」

苦笑しながら、恭が秀敬の顔を見上げる。

恭の言うとおり、コンクリートで固められた目黒川は、秀敬の持つ川のイメージとあまりにかけ離れていた。水は暗い色に淀み、下水特有の匂いも漂わせている。

「俺にとって川といえば目黒川で、だから初めて北郷川を見たとき、すごくびっくりしたんだ。信じられないくらい水が綺麗で、流れも速くて……」

「おまえ、通学の電車で毎日飽きずに川眺めとったもんな」

「うん。あれはずっと見てても飽きないよ。季節によって水の色が全然違っててさ。今頃新《しん》緑《りょく》で綺麗だろうなあ……」

肩を並べてしゃべりながら、川沿いの道から住宅街の路地へ入る。

ごちゃごちゃと立て込んではいるが、立派な家が多かった。初めて訪れた秀敬にも、この辺りがなかなかの高級住宅街らしいことがわかる。

「駅から結構距離あるんだな。お袋さん、地下鉄で銀座《ぎんざ》まで通ってたのか？」

「ううん、行きも帰りもタクシー。こーんなハイヒールで駅まで歩くなんて無理だしね」

恭が指でヒールの高さを示してみせる。

恭の母親は――秀敬にとっては叔母だ――銀座でホステスをしていた。写真を見せてもらったことがあるが、人目を引くタイプの、かなりの美人だ。

恭は母親と顔立ちがよく似ている。恭に言ったら怒られそうだが、化粧して女装し、自信満々の笑みを浮かべたら、母親とそっくりになるだろう。

（恭があういう自信満々の笑みを浮かべるとか、想像つかんけどな）

女装姿は容易に思い浮かべることができるが、カメラに向かって挑発的な笑みを浮かべる恭は想像できない。

恭は、自分の美貌を誇示するようなことはいっさいしない。それどころか、注目されるのを嫌っている。

内気で恥ずかしがり屋の、礼儀正しい少年。それが初めて恭と会ったときの印象だ。

都会育ちと聞いて擦れたタイプを想像していたら、どこか浮世離れした初々しい美少年がやってきて驚いた。

伯備線《はくび》で向かい合って座ったときのことは、今でもよく覚えている。

じっと見つめると恭は恥ずかしそうに睫毛《まつげ》を伏せて頬を染め、その仕草に秀敬はひどく心をかき乱された。

恭が、自分の視線に怯えているのがわかった。

そして秀敬もまた、目の前のあどけなさの残る少年に自分の中の何か……誰にも触れられたことのない何かを、根こそぎ持って行かれそうな気がして怖かった。

柔らかそうな唇は啄《ついば》まれるのを待っているようにしか見えなくて、そんなふうに考えてしまった自分に動揺し……。

「あ、見えてきた。あれだよ、あのマンション」

恭が前方を指さし、嬉しそうな声を上げる。

「へえ……」

八階建ての賃貸マンションは、思っていたよりも質素な印象だった。外観から察するに、築三十年以上経っていそうだ。

「外壁塗り替えたのかな。前はもう少し地味な色だったんだけど」

マンションの前に立って、恭が懐かしそうに目を細める。

「中、入れるのか？」

「ロビーまではね。オートロックだから、それ以上は暗証番号がないと」

恭がエントランスのガラス扉を押して中に入り、秀敬もそれに続いた。

ロビーは薄暗く、空気が淀んでいた。ずらりと並んだ郵便受けの下にはチラシが散乱しており、少なくとも一ヶ月以上掃除をしていないことが窺《うかが》える。

「あー……中は全然変わってない」

ビニール製の観葉植物の葉に積もった埃《ほこり》を見て、恭が苦笑する。

（ここで育ったのか……）

中目黒のマンションと聞いて、秀敬は勝手に豪華なマンションを思い浮かべていた。

ここも場所的には高級な部類に入るのかもしれないが、マンション自体はお世辞にも高級とは言い難い。今秀敬と恭が住んでいる八王子の賃貸マンションのほうが、よっぽど清潔で手入れが行き届いてる。

考えてみたら銀座のホステスが高給取りとは限らない。水商売は浮き沈みがあるし、出て行く金も多い。その上シングルマザーとなれば、苦労も多かっただろう。

子供時代の恭は、もしかしたらあまり幸せではなかったのかもしれない……。

郵便受けの前に立ち、恭が５０１号室のプレートを指でなぞった。

「今はどんな人が住んでるのかな……」

「中に入ってみたいか？」

隣に立って尋ねると、恭は首を横に振った。

「今はどうかわからないけど、俺が住んでた頃はあんまり柄がいいとは言えない住人もいてさ。下の階からしょっちゅう怒鳴り声が聞こえてきたり、隣の人が酔っぱらって大騒ぎしたり……。だからずっと、ここから出て行きたいと思ってた」

「そうなんか」

声が深刻になってしまったらしい。恭が振り返り、慌ててつけ加える。

「もちろんうちの母親はそんなことしなかったし、それなりに楽しい思い出もあるけどね」

ちょうどエントランスの扉が開いて、住人らしき女性が入ってきた。

彼女の不審そうな眼差しに、恭がぺこりと会釈をして秀敬のほうを振り返る。

「行こう」

「もういいんか?」

「いいよ。小学校、行ってみよう」

外に出ると、ロビーの薄暗さに慣れた目がちかちかした。

恭も同じように感じたらしく、しきりに目を瞬《またた》かせている。

「最初、都会育ちの従弟がうちに来ることになったって聞いて、ちょっと心配しとった。北郷はど田舎だから、馴染《なじ》めんのじゃないかって」

「ああ、うん。伯母さんにも言われた」

話しながら、ぶらぶらと小学校へ向かう。

「嫌じゃなかったんか? 田舎に来るのは」

「それは全然。東京が好きだったわけじゃないし。友達が夏休みに田舎《いなか》のおじいちゃんちに行くのがすっごく羨ましくてさ」

「夏休みか……。小学生のときにうちに来てたら、カブトムシを取りに連れてってやったんじゃけどな」

「え、北郷にカブトムシいるの? 俺、ペットショップでしか見たことないよ」

何げなく言ったセリフに、恭が目を輝かせて振り返る。

「神社の裏山に椚《くぬぎ》の木があって、よう取りにいっとった」

「ええー、なんで教えてくれなかったの？」

「なんでって……中学生になったら誰もカブトムシなんか取りにいかん」

「俺、自然の中にカブトムシがいるところ、いっぺん見てみたかったのに」

誘ってもらえなかったと知って、恭が不満そうに唇を尖《とが》らせる。

カブトムシと聞いた途端童心に返った恭が可愛《かわい》くて、秀敬はにやけそうになる口元を必死で引き締めた。

「まさかおまえがカブトムシに興味を持っとるとは思わんかった。夏休みに帰省したら連れてってやる」

「クワガタもいる？」

「ああ、ぎょうさんおる」

「ほんと⁉　すっごい楽しみ！」

小学校時代、カブトムシ取りの名人と言われたのは伊達《だて》ではない。

椚の木の下で歓声を上げる恭を想像し、秀敬はでれっと鼻の下を伸ばした。

恭が通っていた小学校を外から眺め、途中で見つけたカフェに寄って休憩し、中学校の周囲をぐるっと一周すると、時刻はそろそろ五時になろうとしていた。

「夕飯、どうする？　八王子まで戻る？」

「そうだな。駅前で食ってってもいいし、なんか買って帰ってもいいし」

こんな会話すら、嬉しくて仕方ない。ふたりきりの生活は、家族の目を気にすることなく堂々といちゃつくことができる。

『おまえが恭ちゃんに夢中なのはいいけど、あんまり恭ちゃんを縛りつけるような真似はするなよ』

ふと、上京するにあたって一敬から言われた言葉が耳によみがえった。

確かに自分は、恭を目の届くところに置いておきたくて躍起になっている節がある。

サークルの件もそうだし、大学で友人を作りたいと聞いただけで不安に襲われるなど、心配性を通り越しているかもしれない。

（……恭を信用してないわけじゃない。でも、こいつがあまりにも無防備だから……）

暮れかけた空の下、恭の唇がやや青ざめていることに気づいて、秀敬は手にしていたジャケットを広げた。

「冷えてきたから、これ着とけ」

「……いいの？」

「ああ、俺は寒くない」

言いながら、恭の背中にジャケットを着せかけてやる。

「サンキュ。東京の五月はまだまだ肌寒い日があるってこと、すっかり忘れてた」

その言葉に、秀敬は思わず苦笑した。つい先日も、薄着で出かけて夕方急に寒くなったとがたがた震えながら帰ってきたばかりだ。

(どこか抜けているというか……やっぱり放っておけん)

面倒見がいいほうではないが、恭の世話を焼くことは苦にならない。

それどころか、恭の世話を焼くことに喜びさえ見出している始末だ。

今はまだいい。けれど調子に乗ってエスカレートしたら、いつか恭に疎まれる日が来てしまう。

(自覚があるうちは、まだ大丈夫だ)

本当にやばいレベルだったら、自分の志望校などそっちのけで恭と同じ大学に行ったはずだ。あるいは毎日バス通学する恭を送り迎えしたり……自分はまだそこまで常軌を逸していない。

「あ、ちょっと待って。この先に、よく遊びに行った公園があるんだ。寄ってみていい?」

「もちろん」

恭のことは、なんでも知っておきたい。

昨今小学校や中学校は防犯のためOBといえど簡単に入ることはできないが、それでも外から眺めて思い出話を聞くだけで楽しかった。

「うわー……懐かしい」

恭が感激したように呟く。

夕刻の公園には誰もいなかった。いくつかの古びた遊具、桜の木、刈り込まれた植え込み——どこにでもある、ありふれた児童公園だ。

「中学に上がってからは来てなかったから、ここ来るの何年ぶりだろう」

鉄棒に近づいて、恭が両手でバーを握る。

「ここで逆上がりの猛練習したんだ」

「何年生のとき?」

「三年生。逆上がりできない子は他にもいたからまあいいかと思ってたんだけど、当時いちばん仲のよかった友達が体育の授業中に初めて成功して、それ見たらすごく焦っちゃって」

当時を思い出したのか、恭がくすくすと笑う。

「秀敬は? 逆上がり、できた?」

「俺は学校の体育でやるようなことは一通りできた。ただひとつだけ、運動会のダンスがものすごい苦手じゃった」

「それは、女子と手を繋《つな》ぐのが嫌とかそういう理由?」

「それもあるけど、踊ること自体だめで……自分じゃ振り付け通り動いてるつもりなのに、端から見たらそうは見えんかったらしい」

「踊るの苦手って知らなかった。運動会のビデオ、ある？」

「ある。夏休みに帰省したら見せてやる。自分でもすげえ奇妙な動きだと思う」

「それ、カブトムシ以上に楽しみかも」

ふたりで顔を見合わせて笑う。

一緒に暮らし始めて北郷にいたとき以上に会話が増えたが、そういえば子供の頃の話はあまりしたことがなかった。

恭のことで、まだまだ知らないことがたくさんある。

そして、知るたびに恭のことをますます好きになってしまう。

(俺はどっかおかしいんじゃろうか……世の中のカップルもこんなふうに相手にどんどん夢中になって、相手のすべてを独占したいと思っとるんじゃろうか)

男女交際の経験はそれなりにあるが、本当に好きな相手とつき合ったのは初めてだ。

ある意味初心者の秀敬には、どこまで恭を束縛していいのか、その加減がわからなかった。

「今日はつき合ってくれてありがとう。楽しかった」

ふいに恭に微笑《ほほえ》みかけられ、秀敬は心臓が飛び出しそうになった。

「……いや、俺も、楽しかったし」

「そういえば、秀敬が通ってた小学校って俺まだ行ったことないんだよね。夏休みに帰省したら、一緒に行ってみない？」

「……ああ」

恭が、自分の過去にも興味を持ってくれている。

それが嬉しくて、胸の奥がじんと熱くなる。

まったく、恭はわかっているのだろうか。自分の言葉がどれほど恋人の心を一喜一憂《いっきいちゆう》させ、自分の笑顔がどれほど恋人の心を鷲掴《わしづか》みにしているのか……。

頭上の外灯が点《とも》り、辺りが薄暗くなっていたことに気づく。

「そろそろ行こうか」

恭が鉄棒から手を離し、外灯を見上げる。

「ここもLEDになったんだ。昔は蛍光灯で、よく切れかかってチカチカしてた」

話しながら公園の出口に向かう。

ちょうど道の向こうから、犬を散歩させている若い男性が歩いてくるところだった。

「…………」

柴犬を連れた青年とすれ違った恭が、立ち止まって振り返る。

「どうした？」

秀敬も立ち止まると、犬を連れた青年も立ち止まってこちらを振り返っていた。

「……もしかして、日下部くん？」

眼鏡をかけた、優しげな風貌の青年が小首を傾《かし》げる。

「……え、もしかして、裕希《ひろき》くん⁉」

恭と青年の顔が、同時にぱっと輝く。

どうやら昔の知り合いらしい。柴犬まで尻尾《しっぽ》を振って、恭の顔を見上げていた。

「まさかこんなところで会うなんて……日下部くんが転校して以来だよね」

「そう、そうだよね。あ、この人俺の従兄なんだ。岡山に引っ越した先の……。秀敬、こちら同級生だった近藤《こんどう》裕希くん。家が近所で、よく一緒に遊んでたんだ」

「どうも、初めまして」

裕希が、はにかんだような笑みを浮かべる。

まさに類は友を呼ぶ、恭によく似た雰囲気の、控えめで真面目《まじめ》そうな青年だ。

「ここへは、旅行で？」

「ううん、実はこの春、進学して上京したんだ」

「ほんとに？　今どこに住んでるの？」

「八王子」

「僕も八王子に近い大学に行ってるよ。どこ？」

恭と裕希が、同時に同じ大学の名前を口にする。

「ええっ、ほんとに⁉　学部は？」

「教養の人文系」

「僕は経済だよ。じゃあ同じキャンパスってこと⁉」

「うわー、嘘《うそ》みたい。全然気づかなかった」

久々の再会に盛り上がるふたりに、秀敬も思わず表情が緩む。

いつもだったら恭に近づく男には警戒を露《あらわ》にしてしまうが、裕希には秀敬の狭い心を安心させるような何かがあった。

多分、恭と雰囲気が似ているせいだろう。恭を狙うようながつがつしたタイプには見えないし、なんとなくだが、恭と同類のような気もする。

「メアド教えて。今度学校でランチしよう」

「うわー、すっごい嬉しい。いつもぼっち飯《めし》だから」

「あの、あなたも同じ大学なんですか？」

裕希が、おずおずと秀敬に尋ねる。ふたりで盛り上がり、仲間はずれにしてしまって申し訳ないと思っていそうな表情だ。こういう気遣いも恭とよく似ている。

「いや、俺は違う」

「秀敬も近くの大学に行ってて、一緒に住んでるんだ」

「へえ、そういうの、なんかいいね。ひとりより心強いし」

「ねえ、もしかしてこの子、サクラ？」

恭がしゃがんで柴犬と目を合わせ、そっと喉を撫でる。

柴犬は喜んで尻尾を振り、恭の愛撫《あいぶ》に目を細めた。

「そう。名前、覚えてたんだ」

「覚えてるよ。あの頃はまだ仔犬だったけど、すっかり大きくなっちゃって」

「サクラも日下部くんのこと覚えてたみたい。いつもは結構警戒心が強いんだけど」

「俺は初対面の犬にはたいてい吠えられる。でもこいつは吠えないからいいやつだ」

秀敬が言うと、恭がくすくす笑いながら立ち上がった。

「秀敬はなぜか犬に嫌われるよね」

「もしかして、犬苦手ですか？」

心配そうに言いながら、裕希がリードをたぐり寄せる。

「いや、俺は好きなんだけど、犬のほうが俺を嫌うんだ」

しゃがんでそっと手を伸ばすと、サクラがつぶらな瞳で秀敬を見つめた。あまり気乗りしないが、恭の恋人なら触らせてやってもいいか、とでも言いたげな表情だ。

頭を撫でると、サクラはお義理のように尻尾を振ってみせた。

「うわ……なんか信じられない。裕希くんとサクラと秀敬が同じ空間にいるなんて」

恭が感慨深げに呟く。恭の中で思い出と現在が繋がり、不思議な感覚に囚《とら》われているのだろう。

「僕も、今日ここで日下部くんに再会できるなんて思ってもいなかった」

電話番号とメールアドレスを交換し、恭と秀敬は裕希とサクラに別れを告げた。

「よかったな、同じ大学に友達ができたじゃないか」

「うん、なんかすっごい嬉しい」

頬を紅潮させる恭に、秀敬は改めて罪悪感を覚えた。

恭の友達作りを阻《はば》んでいたのは自分だ。いや……学科の友人まで作るなとは言っていないが、恭の性格ではサークルにでも入らない限り、なかなか親しい友人ができないであろうことは想像に難くない。

（あまりうるさく口出ししないようにしよう）

裕希なら、その点は安心できそうだ。

万が一恭に手を出そうものなら、すぐにでも駆けつけて後悔させてやる。

少々物騒なことを考えつつ、秀敬はさりげなく恭の手を握った。

◇◇◇

「あのさ、秀敬。ちょっと相談があるんだけど」

――中目黒を訪れた日から三日後。

夕食の席で恭に切り出され、秀敬は箸《はし》を持つ手を止めた。

「……なんだ？」

硬い声で問い返す。

「今日、大学で裕希くんと会ってランチしたんだ。それで、裕希くんが入ってるサークルに誘われて……」

ぴくりとこめかみが引きつる。

しかし最後まで聞かずに頭ごなしに反対するのはよくない。ぐっと堪《こら》え、秀敬は極力穏やかな態度で話を促した。

「なんのサークル？」

「サークルっていうか、えっと、サークルではないな。一種のボランティア集団というか」

「どういう活動をしてるんだ？」

「家庭教師とか塾講師みたいなものなんだけど、家があまり裕福でなくて、塾に通う機会のない子供たちに無償で勉強を教える活動」

「…………」

昨今、子供の貧困が問題になっていることは秀敬も知っている。そういえば以前新聞で、大学生がボランティアでそういった活動をしていることを紹介していた。

「伯父さんに、一年生のうちはバイトはするなって言われたじゃない。だけどこれはバイトじゃないし、飲み会ばっかりのサークルでもないからいいかなと思って」

「ああ、いいと思う」

「ほんとに？」

恭がぱっと顔を輝かせる。

「俺も、おまえがバスケの同好会に入りたいって言ったときにあれこれ口出しして悪かったと思っとる」

「ああ、あれはいいんだ。秀敬の言うとおり、飲み会メインって感じのサークルだったし」

恭があの一件を引きずっていないことを知って、秀敬はほっとした。

箸を持ち直し、恭が作った少々酸っぱすぎる酢の物を口に運ぶ。

「教員試験を受けるつもりなら、その活動はきっとプラスになる」

「それもあるけど……こないだ一緒に小学校に行ったとき、思い出したんだ。その頃うちはあんまり余裕なくて、塾や習い事に行かせて欲しいって言える状況じゃなかった。だけど近所の図書館で子供向けの読書会をやってて、それが毎週すごく楽しみで……」

「おまえの本好きは、その頃からか」

「そうだね。幼稚園の頃から本は好きだったけど、読書会のおかげで読む本の幅が広がったかな。月に一回感想文を書いてたから、作文の能力も格段に向上したと思う。今思えば、あれもボランティアの人たちが世話してくれてたんだよね。だから恩返しって言うか、僕も誰かに学ぶ楽しさを伝えられたらと思って……」

　昔を思い出したのか、恭の一人称がいつのまにか〝僕〟になっていた。

　もしかしたら裕希の影響かもしれないが、恭が口にする〝僕〟という響きが好きなので、その点は追及しないことにする。

「それで、もうひとつお願いなんだけど」

「なんだ？」

「数学を教えられるスタッフが不足してるらしいんだ。秀敬、数学得意でしょう？　暇なときだけでいいから、ちょっとだけ手伝ってもらえると嬉しいんだけど」

　恭のお願いに、秀敬は目を瞬かせた。

　これは、同じサークルに入ろうという誘いではないか。

　もちろん断る理由などない。いや、恭の誘いを自分が断れるわけがない。

　本音を言えば、「大学が別々だから、せめて同じサークルで一緒に過ごしたい」などと甘く囁いて欲しいものだが、それは高望みというものだろう。

「……ああ、喜んで」

　おまえのお願いを聞く代わりに俺のお願いも聞いてくれるよな、という欲望丸出しのセリフを呑み込んで、秀敬は精一杯紳士的な笑みを浮かべた。

あとがき

こんにちは、神香うららです。

まずはお手にとってくださってどうもありがとうございます。

今回のお話は、十二年前に投稿作として書いた話がベースになっています。最初は第二章の部分だけの短い作品でした。そのときはまあ、没だったわけでして……しかし恭と秀敬のカップルには思い入れがあったので、しばらく経ってから序章と第一章を新たに書き加え、二〇〇六年に「夏祭りの夜」というタイトルで同人誌にしました。ぶっちゃけ百部しか刷っていないので、ご存知のかたはほとんどいらっしゃらないと思います（笑）。自分ではとても気に入っている話だったので、文庫化していただけることになってすごく嬉しいです。

文庫化にあたり、全面的に改稿し、番外編を書き下ろしました。

同人版を読み返してみて、今の私にはこういう話は書けないだろうな……としみじみ思いました。そして番外編のほうは、今の私じゃないと書けなかったと思います。なので、本編と番外編が同時に収録されてひとつの作品になっていることが、すごく不思議な感じです。

さてさて、前作に続き、今回も舞台は私が生まれ育った岡山です。北郷は架空の地名で、モデルにしたのは高梁市周辺です。この話を思いついたのは、伯備線に乗って米子へ行ったときのことでした。季節は晩秋、車窓から見た紅葉と高梁川の澄んだ水がそれはそれは美しく、眺めているうちに都会からやってきた少年が同い年の従兄と出会う物語が湧いてきたのです。美しい川に心を洗われつつも、頭の中は「旧家……従兄弟同士……夜這い！」という妄想でいっぱいなところが腐ってますね。

岡山弁は馴染みのないかたには読みにくいと思うので、ちょっとマイルドにしている部分もあります。岡山を舞台にした話は、いつかまた書いてみたいなと思っています。

素敵なイラストを描いてくださった駒城ミチヲ先生、どうもありがとうございました。長年自分の中にあった物語にイラストをつけていただいて感激です。中学から高校まで、成長するふたりを見ることができて嬉しかったです。

担当さま、このたびも大変お世話になりました。お力添えに感謝しております。

最後になりましたが、読んでくださった皆さま、どうもありがとうございました。

よかったらご感想などお聞かせください。

またお目にかかれることを祈りつつ、このへんで失礼いたします。

神香うららでした。

✦初出　夏祭りの夜に……………………………同人誌掲載作品「夏祭りの夜」を
改題、加筆修正
東京の夜に………………………………書き下ろし

神香うらら先生、駒城ミチヲ先生へのお便り、本作品に関するご意見、ご感想などは
〒151-0051 東京都渋谷区千駄ヶ谷 4-9-7
幻冬舎コミックス　ルチル文庫「夏祭りの夜に」係まで。

幻冬舎ルチル文庫

夏祭りの夜に

2014年11月20日　第1刷発行

✦著者	神香うらら　じんか うらら
✦発行人	伊藤嘉彦
✦発行元	株式会社 幻冬舎コミックス 〒151-0051 東京都渋谷区千駄ヶ谷 4-9-7 電話 03(5411)6431[編集]
✦発売元	株式会社 幻冬舎 〒151-0051 東京都渋谷区千駄ヶ谷 4-9-7 電話 03(5411)6222[営業] 振替 00120-8-767643
✦印刷・製本所	中央精版印刷株式会社

✦検印廃止

ISBN978-4-344-83284-8　C0193　Printed in Japan